Mes petites énigmes

Du CE2
au CM1
8-9 ans

JEUX ET ÉNIGMES

Auteurs
Michèle Lecreux
avec
Éric Berger
Pascal Guichard
Clémence Roux de Luze
Karell Weise

Illustrateur
Pic

hachette
ÉDUCATION

Dans ce petit livre, 115 enquêtes et énigmes t'attendent pour mettre ton cerveau au défi.

Pas besoin d'être le meilleur en maths ou incollable en français, il te suffira d'ouvrir l'œil et de ne laisser passer aucun indice pour prouver que tu es un as de la logique !

Et maintenant, à toi d'affronter les enquêtes policières, les énigmes logiques, les rébus, les charades et les grilles pour t'initier aux mystères du futoshiki ou de la bataille navale.

Si tu es prêt pour l'aventure, tourne la page et bienvenue au pays des énigmes !

Conception de la maquette : Karine Nayé
Conception et réalisation de la couverture : Hung Ho Thanh
Illustrations de couverture : Coralie Vallageas
Mise en pages : Pascal Guichard

I.S.B.N. : 978-2-01-714804-3
www.parascolaire.hachette-education.com

Achevé d'imprimer en mars 2022 en Roumanie par Rotolito Romania
Dépôt légal : Avril 2022 - Édition nº 01 - 15/2267/6

Sommaire

Enquêtes policières

Énigmes et quiz

Énigmes logiques

Énigmes mathématiques

Énigmes géométriques

Énigmes visuelles

Les bananes

Combien pèse une banane ?

= 300g

Au parc

Trois copains se promènent au parc tous les mercredis. Aujourd'hui, ils sont arrivés au parc à 13 h 30. Ils jouent au ballon pendant une heure et demie puis se promènent une demi-heure, nourrissent les canards pendant un quart d'heure et enfin s'installent pour le goûter.

Quelle heure est-il quand ils commencent à goûter ?

C'est pas moi !

Quand les enfants sont arrivés à l'école ce matin, ils ont découvert un bonhomme de neige juste devant la porte ! Ils ont bien ri mais plus personne ne peut entrer.

Cela amuse beaucoup moins la maîtresse qui voudrait bien savoir qui a eu cette idée. Sans doute un élève qui n'avait pas envie de faire la dictée prévue ce matin !

La maîtresse voudrait savoir quel enfant est arrivé le premier car c'est sans doute lui qui a bâti le bonhomme.

« Quand je suis arrivée, dit Flora, j'ai vu Karim, Thomas et Célia qui jouaient avec la neige.

– Thomas et Célia étaient là avant moi ! proteste Karim.

– Ah non, c'est même pas vrai, je suis arrivé juste après toi ! lui répond Thomas.

– Moi, je suis bonne en dictée, alors je n'avais pas de raison de bloquer la porte ! » grogne Célia.

La maîtresse soupçonne l'un de ces trois-là.
Et toi, tu as sans doute déjà vu, sur le dessin de la page voisine, le détail qui prouve qui est le coupable.

PIC
POP

Super-héros

Aide Matéo à rejoindre le cinéma. À chaque carrefour, quand tu rencontres une question, choisis la bonne réponse et tu seras sur le bon chemin.

Le voyage

La famille Sacasac est partie en voyage en train.
Peux-tu dire à qui appartient chaque sac si tu sais que le sac de la grand-mère est entre deux sacs à dos, le sac de Valérie est le plus gros, le sac de la maman n'est pas un sac à dos, le sac du papa n'est ni rouge ni bleu, le sac de Valentin n'est ni rouge ni vert ?

Futoshiki

Remplis cette grille pour que tous les chiffres de 1 à 5 soient inscrits une seule fois sur chaque ligne et chaque colonne. Pour t'aider, les signes < (plus petit que) et > (plus grand que) te renseignent sur les deux chiffres contenus dans les deux cases voisines.

5			>					2
		∧				∨		
	<	4	<				<	
				∨				
2	<			3		1		4
		∨						
4	>		<			3		5
∨								
		2		4	<			

Rébus

Dis à haute voix ce que tu vois écrit ou dessiné ici pour décoder ce rébus.

La tempête

Une tempête a arraché quelques tuiles sur le toit de ma maison.
Peux-tu dire combien je dois en remettre si tu sais que, sur l'autre côté de la maison, il manque deux fois plus de tuiles que sur le côté que tu vois sur le dessin ?

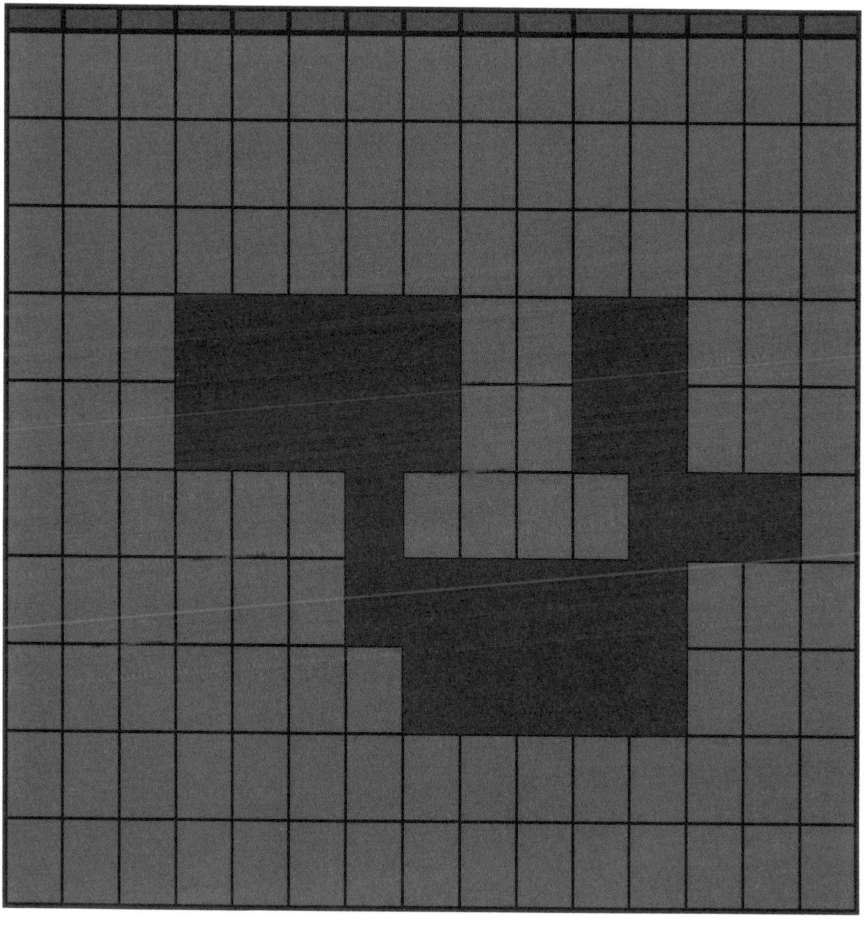

Au voleur !

Il y a eu une panne d'électricité et les joueurs de l'équipe de basket se sont habillés dans le noir.

Quand la lumière est revenue, tout le monde a bien ri car, dans l'obscurité, chacun avait attrapé un tee-shirt au hasard et voilà le résultat : Paul porte le tee-shirt de Tom, Mathieu a enfilé un tee-shirt de footballeur, Tom est à l'étroit dans le tee-shirt de Karim et plus personne ne réussit à mettre la main sur le ballon...

Les joueurs sont convaincus que quelqu'un est passé dans le vestiaire pendant la panne.

L'entraîneur a sa petite idée ; c'est le 1er avril aujourd'hui et il pense que les joueurs de foot de l'équipe du collège ont voulu faire une farce à leurs petits frères. Il a donc décidé de les interroger.

Regarde bien l'image et trouve le prénom de chacun des joueurs de basket, retrouve le quatrième tee-shirt et le ballon.

HAC
HAC
HAC
1
7
6
TON

Au garage

Trouve la valeur de chaque voiture pour que ces opérations soient justes. Pour t'aider, un des nombres est déjà décodé.

Fête costumée

Ce matin, c'était carnaval mais, en rentrant en classe, tout le monde a dû quitter son déguisement. Pourtant, il reste cinq éléments qui ne devraient pas se trouver dans cette classe. Les vois-tu ?

Le papa de Théo

Théo est très fier du métier de son papa.
Si tu veux savoir pourquoi, colorie les cases de ce dessin codé.

Les chiffres notés à gauche du dessin te disent combien de cases tu dois colorier sur la ligne et de quelle couleur.
Pour t'aider, la troisième ligne est déjà coloriée et tu vois qu'elle contient, de gauche à droite : 2 cases rouges, 1 case blanche, 3 cases rouges, 2 cases bleu clair et 1 case bleue.
À toi de continuer.

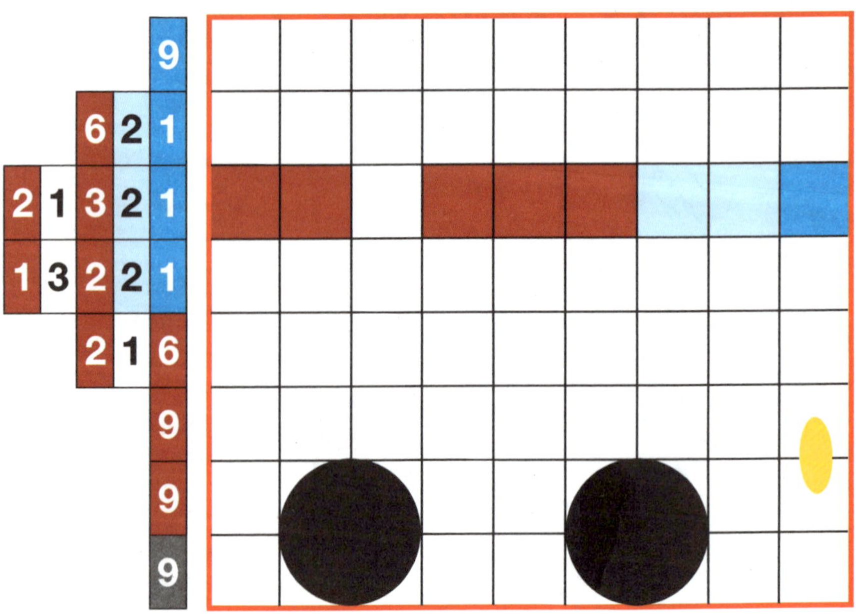

Le jardin potager

Le potager de Mathieu est divisé en quatre zones. Les tomates sont plantées dans un carré de terre dont le périmètre mesure 12 m et les choux dans un carré dont le périmètre est de 8 m.

Quelle longueur de grillage Mathieu doit-il acheter pour former une barrière tout autour de son potager ?

Les cubes

Parmi ces cinq cubes, un seul correspond à celui qui est représenté déplié. Lequel ?

A

B

C

D

E

Voilà le facteur !

Ce matin, le facteur apporte une lettre dans chacune de ces maisons. Peux-tu compléter l'adresse sur les cinq enveloppes et ajouter le numéro qui manque grâce à ces renseignements ?

– Des filles habitent au 2 et au 10 de la rue du Parc.
– Les deux garçons sont voisins, aucun n'habite au 8.
– Les deux voisins de Zoé sont Noémie et Thomas.

La soucoupe volante

Pour une nouvelle étonnante, c'est vraiment une nouvelle étonnante ; même la télévision s'est déplacée pour faire un reportage !

Une soucoupe volante s'est posée dans un champ, à la lisière de la forêt !

Tous les habitants du village voisin sont là pour assister à l'événement. Chacun admire Jean-Paul Delétoile, le journaliste vedette qui commente, en direct, les recherches des scientifiques.

« Chers téléspectateurs, comme vous le voyez sur ce document, les scientifiques ont répertorié trois sortes d'extraterrestres. Les Martiens sont les plus petits, les Vénusiens ont deux têtes et les Uraniens n'ont qu'une jambe.

Pour le moment, personne n'est capable de dire quels visiteurs se sont posés ici cette nuit, ni où ils sont partis. Mais l'enquête continue et j'espère pouvoir vous en dire plus lors de notre prochaine émission. »

Et toi, peux-tu dire de quelle planète vient cette soucoupe volante ?

EXTRATERRESTRES
RÉPERTORIÉS :
MARTIENS
VÉNUSIENS
URANIENS
TV5
5
TV5

Touché ! Coulé !

Cette grille représente un port où sont placés six bateaux.
Trouve l'emplacement de chaque bateau en t'aidant des chiffres inscrits autour de la grille ; ils t'indiquent combien de cases tu dois colorier sur la ligne ou la colonne correspondante.
Les bateaux ne se touchent jamais, même pas par un coin, et il y a toujours des cases vides entre eux.

	4	2	4	0	4	0
2						
3						
1						
4						
0						
4						

Pour commencer : colorie en bleu les colonnes et la ligne marquées 0 puis cherche où placer les trois paquebots qui occupent chacun 3 cases.

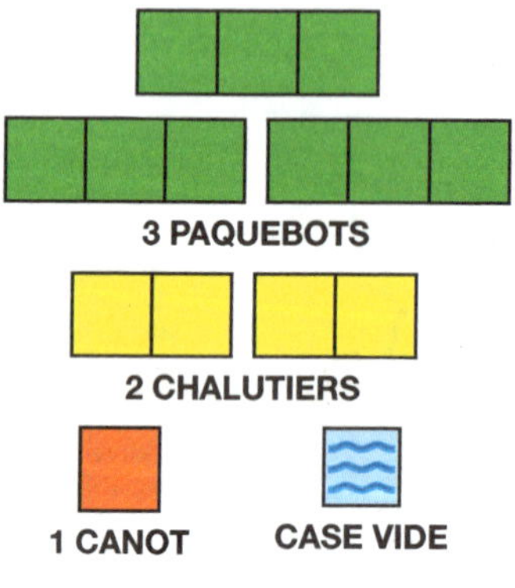

Tour de magie

Si tu es aussi fort qu'un magicien, trouve la carte mystère qui n'est ni un 7 ni un as, qui n'est pas rouge et qui est la seule de sa valeur.

Suite logique

Selon toi, combien de pétales doit avoir la dernière fleur pour que cette suite soit logique ?

C'est mathématique

Trouve les bonnes réponses aux questions,
puis note les lettres dans les cases et tu liras un nombre.

1. Combien font 245 – 73 ?

B – 71.

C – 172.

D – 146.

2. Combien de côtés possède un quadrilatère ?

H – 3.

I – 4.

J – 5.

3. Comment appelle-t-on deux droites qui forment un angle droit ?

L – Parallèles.

M – Isocèles.

N – Perpendiculaires.

4. Si ta maman a acheté 2 000 grammes de poires au marché, combien de kilos a-t-elle dans son sac ?

P – 20 kg.

Q – 2 kg.

R – 1 kg.

Au port

Pendant que Mathis fait du kitesurf, pars du point noir et suis les consignes pour voir qui entre au port.

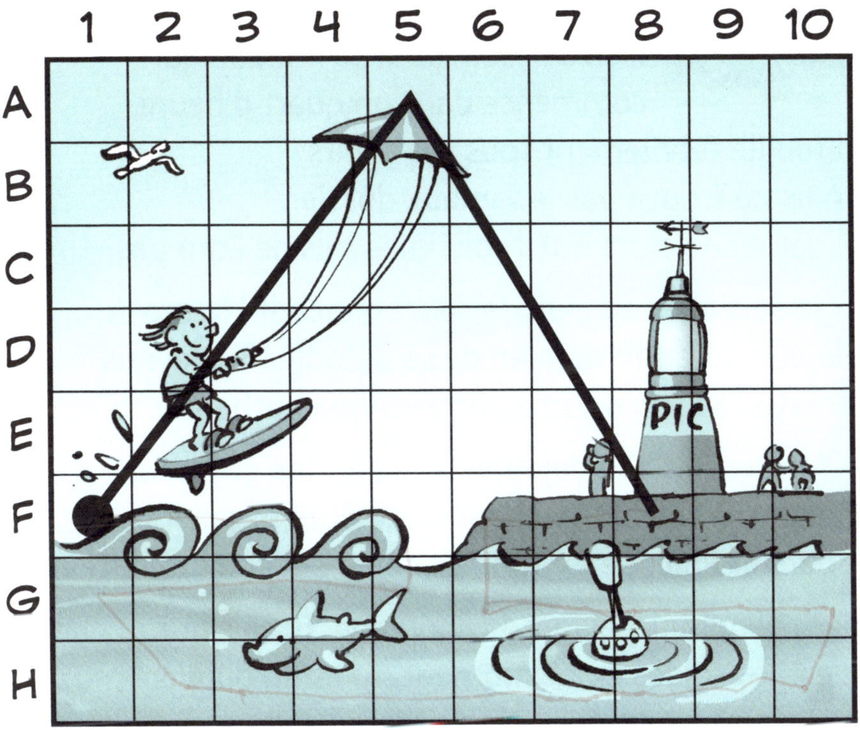

Pars du point noir en F1 et rejoins la pointe du cerf-volant, descends en F8 puis tourne vers F6 et descends en G6, tourne vers G10, puis continue en H8, passe sous le poisson jusqu'en H3, remonte en G1, tourne vers la queue du poisson, remonte en F5 puis rejoins ton point de départ.

Le dossier volé

Bertrand est très ennuyé. Il était certain d'avoir laissé son dossier vert sur la table de son bureau avant de partir déjeuner. Il en a besoin pour sa réunion qui commence dans un quart d'heure. Il fouille fébrilement tous ses tiroirs mais ne trouve pas le fameux dossier. Il demande alors à ses collègues s'ils ne l'ont pas vu.

« Je suis allée au club de sport pendant l'heure du déjeuner, ça fait du bien de se défouler. Tu devrais essayer au lieu de stresser, explique Catherine.

– Moi, je suis allé déjeuner à la cantine et je n'ai rien vu. D'ailleurs, la choucroute était excellente ! poursuit Philippe en train de taper sur son ordinateur.

– Eh bien moi, j'ai fait du shopping. Tu sais que c'est les soldes en ce moment. Tu as dû oublier ton dossier chez toi » rigole Marc.

Mais Bertrand n'est pas convaincu par les arguments de ses collègues et soupçonne l'un d'eux. Après tout, il avait reçu les félicitations de son chef pour ce dossier et la jalousie est parfois mauvaise conseillère...

RATILOVA
SOLD
SOLDE
SOLDES

Au garage

Trouve la valeur de chaque voiture pour que ces opérations soient justes. Pour t'aider, un des nombres est déjà décodé.

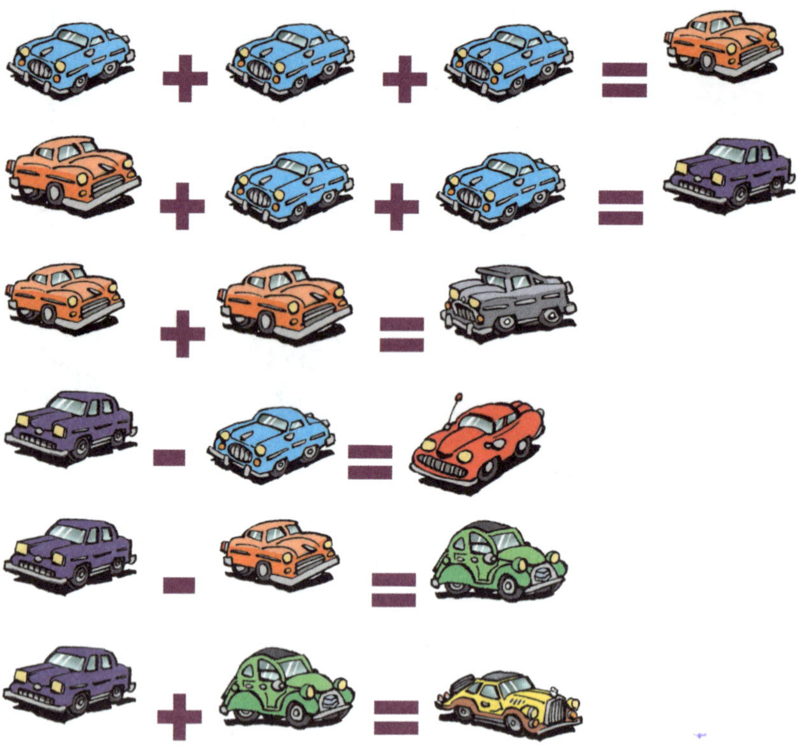

Course à pied

« Prêts ? Partez ! » Trouve le prénom de chaque coureur en sachant qu'Arnaud est le plus grand et n'est pas habillé en bleu, qu'Axel n'a qu'un seul voisin et qu'il ne porte pas de rouge, que le short d'Antoine n'est ni jaune ni rouge et qu'Adrien est à la gauche d'Achille.

Futoshiki

Remplis cette grille pour que tous les chiffres de 1 à 5 soient inscrits une seule fois sur chaque ligne et chaque colonne. Pour t'aider, les signes < (plus petit que) et > (plus grand que) te renseignent sur les deux chiffres contenus dans les deux cases voisines.

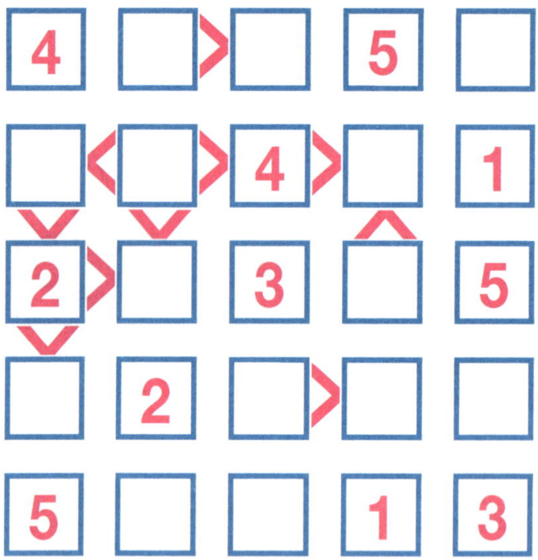

Rébus

Dis à haute voix ce que tu vois écrit ou dessiné ici pour décoder ce rébus.

Tout noir

Parmi ces quatre cartes laquelle deviendra entièrement noire si tu lui superposes cette forme ?

A

B

C

D

Charades

Mon premier fait la roue.
Mon deuxième est un adjectif possessif.
Mon troisième n'est pas court.
Mon tout a deux jambes.

Mon premier se pratique à la montagne.
Mon deuxième est "non" en anglais.
Mon troisième est une petite bête qui pique.
Mon tout glisse sur l'eau.

Message codé

Remplace chaque lettre de ce message par celle qui la suit dans l'alphabet. Par exemple si tu vois un A, note un B, si tu vois un B, note un C et si tu vois un Z, note un A.

A	B	C	D	E	F	G	H	I	J	K	L	M	N	O	P	Q	R	S	T	U	V	W	X	Y	Z
▼	▼	▼	▼	▼	▼	▼	▼	▼	▼	▼	▼	▼	▼	▼	▼	▼	▼	▼	▼	▼	▼	▼	▼	▼	▼
B	C	D	E	F	G	H	I	J	K	L	M	N	O	P	Q	R	S	T	U	V	W	X	Y	Z	A

i ' Z H L D K D R i D T W

_ _ _ _ _ _ _ _ _ _ _ _ _

C D K N F H P T D

_ _ _ _ _ _ _ _ _

Au stade

Aide ce jeune sportif à rejoindre son équipe.
À chaque carrefour, quand tu rencontres une question, choisis la bonne réponse et tu seras sur le bon chemin.

Les voisins

Au beau milieu de la nuit, tout l'immeuble a été réveillé par les bruits de voix de deux personnes qui se disputaient très fort. Quelques voisins sont sortis dans l'escalier.

Tout le monde pense que la dispute a eu lieu au troisième étage. Les voisins, inquiets, décident de frapper aux portes des deux appartements de cet étage pour demander aux locataires s'ils ont un problème.

Monsieur Martin leur ouvre immédiatement et leur répond :
« Une dispute ? Chez moi ? Non, non, vous devez vous tromper. D'ailleurs, je suis seul ce soir, comme vous le voyez, alors avec qui me serais-je disputé ? »

Monsieur Lefèvre, lui, tarde à ouvrir puis grommelle :
« Je viens d'être réveillé par un grand vacarme et, à peine j'avais pu me rendormir, que voilà que vous venez frapper à ma porte et que je suis obligé de me lever ! »

Les voisins repartent en s'excusant.
Pourtant, ils sont presque sûrs de savoir dans quel appartement avait lieu la dispute. Et toi ?

BIENVENUE
GR#§!!*!!

Les cubes

Ce cube est composé de cubes jaunes et noirs.
Deux cubes qui se touchent par une face
sont de couleur différente.

Les cubes des sommets sont jaunes.

Combien de cubes noirs y a-t-il dans le grand cube ?

A = 62, B = 63, C = 64, D = 65, E = 68

Au zoo

Sept anomalies se sont glissées dans ce dessin.
Peux-tu dire lesquelles ?

À l'abordage !

Quand les navigateurs d'autrefois voyaient cette image, ils frissonnaient de terreur !

Les chiffres notés à gauche du dessin te disent combien de cases tu dois colorier sur la ligne et de quelle couleur. Pour t'aider, la cinquième ligne est déjà coloriée et tu vois qu'elle contient, de gauche à droite : 1 case grise, 3 cases violettes, 1 case blanche, 3 cases violettes et 1 case grise. À toi de continuer.

				1	7	1
1	1	2	1	2	1	1
1	1	2	1	2	1	1
1	1	2	1	2	1	1
		1	3	1	3	1
				2	5	2
2	1	1	1	1	1	2
				2	5	2

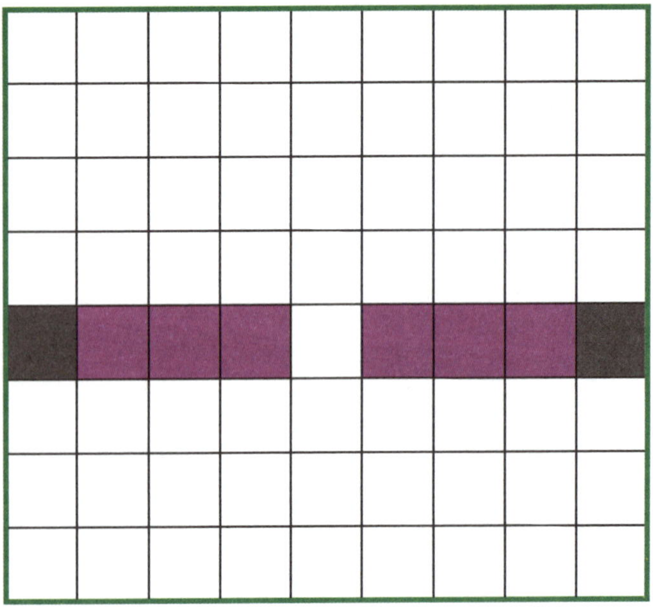

Les billes

Combien pèse une bille ?  = ...

Le goûter

Toutes les boîtes de cakes contiennent 5 petits gâteaux,
tous les sachets de gaufres contiennent 3 gaufres
et tous les paquets de soda contiennent 4 bouteilles.

Combien faut-il de paquets de soda pour avoir autant de bouteilles qu'il y a de gâteaux dans 2 boîtes de cakes plus 2 sachets de gaufres ?

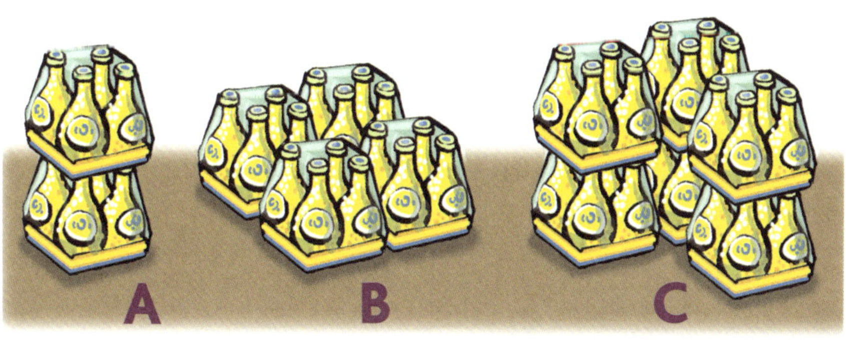

Vol de poires

Dans le jardin de madame Henriette, pousse un superbe poirier qui donne des fruits juteux. Chaque année, quand vient la saison, madame Henriette cueille ces poires pour confectionner de délicieuses confitures et de belles tartes que ses neveux adorent venir déguster le mercredi après-midi.

Mais, ce matin, quelqu'un s'est introduit dans le jardin et a cueilli tous les fruits à peine mûrs.

Madame Henriette, qui était dans sa cuisine, a tout vu par la fenêtre. Elle a crié très fort et est sortie en courant dans la rue, juste à temps pour voir le garnement sauter sur son vélo et s'enfuir en se glissant par le trou de la palissade voisine. Elle a très bien vu le voleur qui portait un tee-shirt vert mais, comme il était de dos, elle n'est pas sûre de pouvoir le reconnaître.

Dans le voisinage, seuls trois cyclistes pourraient avoir commis le vol ; tu les vois ici rassemblés près de la palissade.

Lequel de ces trois cyclistes te semble suspect ?

machinarium

Touché ! Coulé !

Cette grille représente un port où sont placés six bateaux.
Trouve l'emplacement de chaque bateau
en t'aidant des chiffres inscrits autour de la grille ;
ils t'indiquent combien de cases tu dois colorier
sur la ligne ou la colonne correspondante.
Les bateaux ne se touchent jamais, même pas par
un coin, et il y a toujours des cases vides entre eux.

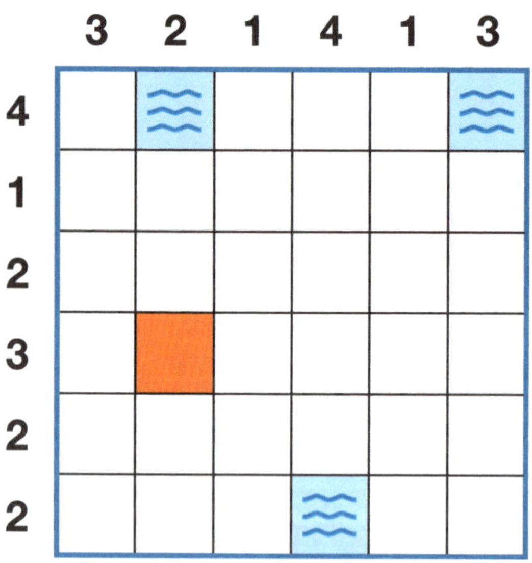

Pour commencer : colorie en bleu les 8 cases voisines du canot puis complète la première ligne.

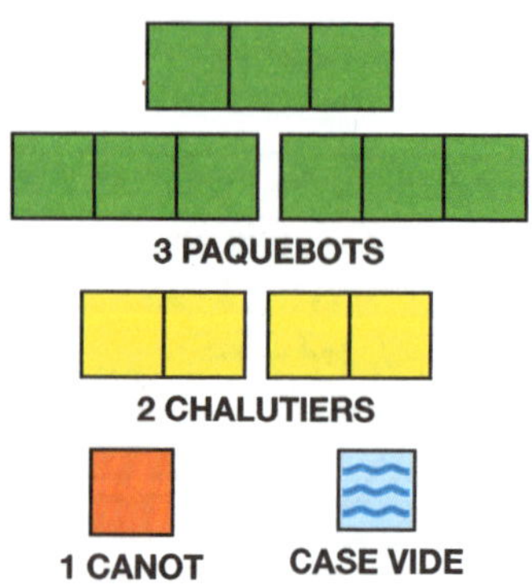

Les deux trains

Deux trains partent exactement au même moment de deux gares distantes de 300 km.
Quand ils se croisent, le premier train a parcouru deux fois plus de distance que le second.

À quelle distance de la gare de départ du premier train sont-ils alors ?

Suite logique

Par quelle forme géométrique dois-tu remplacer le point d'interrogation pour que cette suite soit logique ?

Les dés

Tous les dés avec lesquels tu joues aux jeux de société sont constitués de la même manière : les points inscrits sur deux faces opposées donnent toujours un total de 7. Par exemple, à l'opposé de la face 6, se trouve la face 1.

Parmi ces quatre dés, lequel correspond à cette règle ?

Dans la pyramide

Aide cette jeune archéologue à rejoindre le trésor caché. À chaque carrefour, quand tu rencontres une question, choisis la bonne réponse et tu seras sur le bon chemin.

Charades

Mon premier miaule.
Mon deuxième est un rongeur.
Mon troisième est le double de un.
Mon tout est un jeu.

Mon premier laisse des traces.
Mon deuxième est un animal.
Mon troisième fait taire.
On saute avec mon tout.

Message codé

Remplace chaque lettre de ce message par celle qui la suit dans l'alphabet. Par exemple si tu vois un A, note un B, si tu vois un B, note un C et si tu vois un Z, note un A.

A	B	C	D	E	F	G	H	I	J	K	L	M	N	O	P	Q	R	S	T	U	V	W	X	Y	Z
▼	▼	▼	▼	▼	▼	▼	▼	▼	▼	▼	▼	▼	▼	▼	▼	▼	▼	▼	▼	▼	▼	▼	▼	▼	▼
B	C	D	E	F	G	H	I	J	K	L	M	N	O	P	Q	R	S	T	U	V	W	X	Y	Z	A

R H W   E N H R   C D T W

_ _ _   _ _ _ _   _ _ _ _

D F Z K D M S   C N T Y D

_ _ _ _ _ _ _   _ _ _ _ _

Le plongeur

Merveille ! Le plongeur vient de trouver un trésor mais il ne voit pas qui arrive derrière lui. Si tu veux en savoir plus, pars du point noir en E4 et suis les consignes.

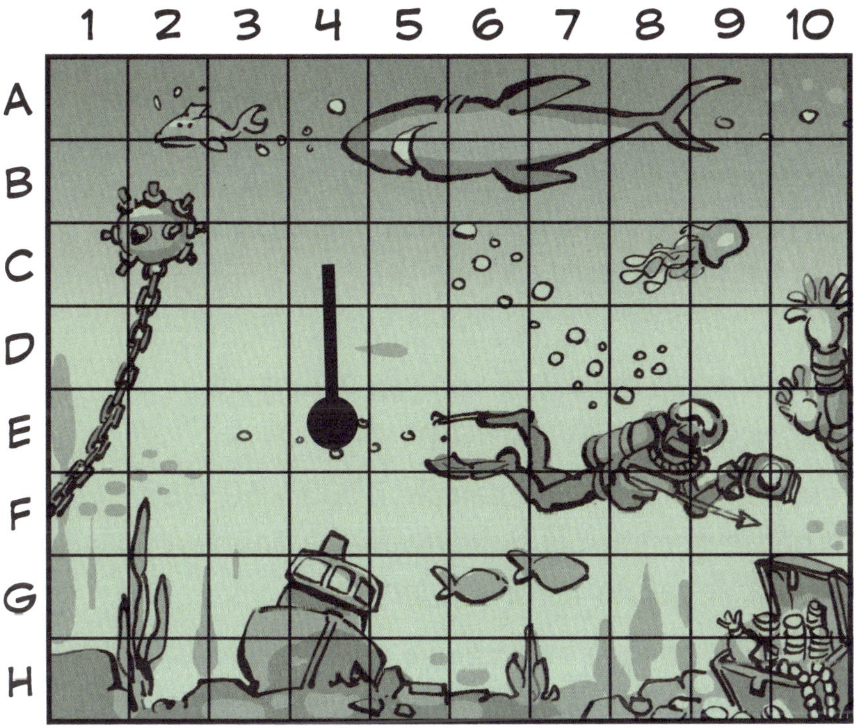

Pars du point en E4, monte en C4, rejoins le coin inférieur de la gueule du requin, suis son ventre jusqu'en B7, descends en C8, contourne le plongeur jusqu'en F8, va vers le trésor en G9, repars vers H7 puis H5, remonte en F4, redescends vers H2, remonte vers C2 et rejoins ton point de départ.

Le code secret

Théo a reçu un ordinateur pour son dernier anniversaire et il passe le plus de temps possible devant cet écran. C'est très pratique, il s'en sert pour apprendre des tas de choses mais surtout pour jouer ! Cependant, aujourd'hui, Théo est bloqué. Il n'arrive pas à passer au niveau supérieur dans son jeu vidéo. Il a tout essayé mais l'énigme devant laquelle il se trouve lui résiste.

Il sait qu'il doit cliquer sur l'un des symboles affichés sur son écran mais il ne voit pas le rapport avec la question qui lui est posée.

« Prends ta calculette, calcule 7 000 + 50 + 80 et pense que parfois, pour trouver la bonne réponse, il suffit de retourner le problème... »

Théo se demande bien ce que signifie la mystérieuse formule « retourner le problème » si bien que, découragé, il a décidé d'abandonner et il a reposé la calculette sur sa table. C'est dommage Théo, tu étais tout près de trouver la solution !

Mais toi qui es malin, peux-tu aider Théo à passer au niveau supérieur de son jeu vidéo ?

KING BEE

La nature, quelle aventure !

Trouve les bonnes réponses aux questions, puis note les lettres dans les cases et tu liras le nom d'un animal.

1. Pour monter à cheval, dans quoi glisses-tu tes pieds ?

A – Des pédales.

B – Des éperons.

C – Des étriers.

2. Quand a lieu la moisson ?

C – En janvier.

D – En mars.

E – En août.

3. Comment appelle-t-on de l'herbe séchée ?

Q – De l'orge.

R – Du foin.

S – Du fenouil.

4. À quelle saison le sapin perd-il ses épines ?

D – En hiver.

E – À l'automne.

F – Il ne perd jamais ses épines.

C	E	R	F

Dans le désert

Ces chameaux se reposent dans le désert, près d'une oasis. Dis comment chacun d'eux s'appelle en sachant qu'Awa est couché, qu'Habib n'a pas de selle, que la selle d'Ifouz n'est pas noire, que Prince ne porte ni une selle jaune ni une selle rouge et que Cavale et Prince se regardent.

Futoshiki

Remplis cette grille pour que tous les chiffres de 1 à 5 soient inscrits une seule fois sur chaque ligne et chaque colonne. Pour t'aider, les signes < (plus petit que) et > (plus grand que) te renseignent sur les deux chiffres contenus dans les deux cases voisines.

		5				2	>	
1			<	4				3
				∨				
3		4			>			5
				∨				
			>	1				
		∨				∨		
2					>	3		4

Rébus

Dis à haute voix ce que tu vois écrit ou dessiné ici pour décoder ce rébus.

Sapins et lapins

Dans cette forêt, huit sapins sont alignés et au pied de chacun un lapin a creusé son terrier.

Quelle distance sépare le premier terrier du huitième si la distance entre deux sapins est de 6 mètres ?

Les bonbons fugueurs

Aujourd'hui, c'est l'anniversaire de Maëlle. Il va y avoir une belle fête car elle a invité ses meilleures copines pour le goûter et maman a préparé un gros gâteau. Elle l'a décoré avec plein de bonbons au chocolat de toutes les couleurs.
Puis elle l'a posé sur la table de la cuisine. Il ne lui reste plus qu'à poser les bougies mais elle s'aperçoit qu'il lui en manque ; Maëlle risque d'être déçue ! Maman se hâte d'aller en chercher et, quand elle revient, les bonbons ont tous disparu !

« Dites-moi, les enfants, qui de vous a pris les bonbons sur le gâteau ?

– Ce n'est pas moi, dit Maëlle, je jouais dans le jardin à lancer la balle à mon chien Caillou !

– Je n'ai pas mangé les bonbons, dit Killian, je lisais dans ma chambre. »

Maman est bien ennuyée mais elle se doute qu'un des enfants ne lui dit pas toute la vérité...

Regarde bien le dessin et cherche le détail qui a intrigué la maman de Maëlle.

K
La Vie des
Grands Fauves

Les gâteaux

Combien pèse un gâteau ?

 = ...

Le nombre mystérieux

Quel est le nombre mystérieux qui a été remplacé par un point d'interrogation dans ces opérations ?

$$? + ? + ? + 21 = 30$$

$$? + ? + ? + 30 = 39$$

Au coin du feu

Neuf anomalies se sont glissées dans le dessin.
Peux-tu dire lesquelles ?

Ohé ! Ohé ! Matelot !

Alixe rêve de faire le tour du monde en catamaran. Mais pour le moment, elle s'entraîne sur un plus petit bateau.

Les chiffres notés à gauche du dessin te disent combien de cases tu dois colorier sur la ligne et de quelle couleur.
Pour t'aider, la deuxième ligne est déjà coloriée et tu vois qu'elle contient, de gauche à droite : 3 cases bleues, 3 cases jaunes, 3 cases bleues.
À toi de continuer.

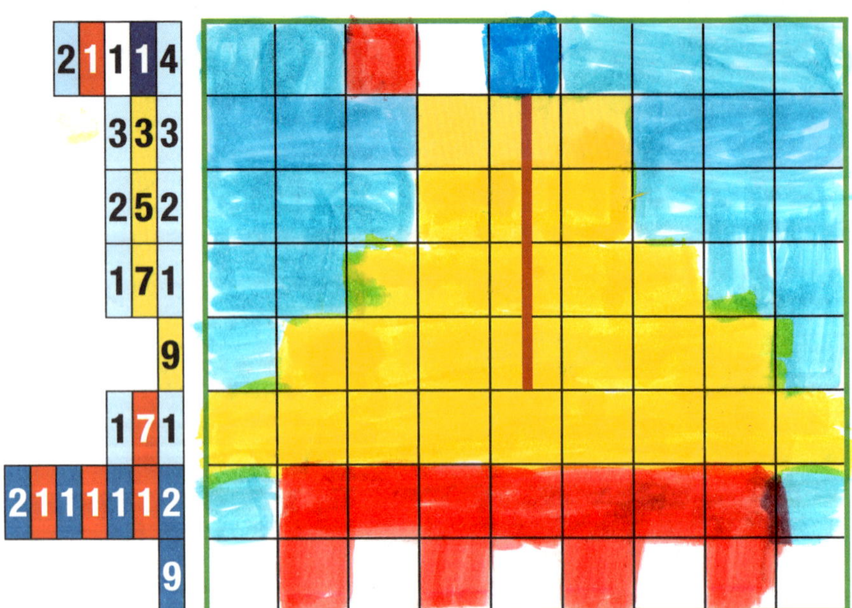

Au marché

Ce matin, Arthur, Ana, Léo, Emma et Grégoire sont allés au marché. Ils ont chacun rapporté leurs fruits préférés. Trouve le prénom de chacun des enfants grâce à ces renseignements :

– Emma a cinq fois plus de fruits qu'Ana.
– Arthur a plus de fruits que Léo.
– Grégoire a trois fois plus de fruits qu'Ana.

Touché ! Coulé !

Cette grille représente un port où sont placés six bateaux. Trouve l'emplacement de chaque bateau en t'aidant des chiffres inscrits autour de la grille ; ils t'indiquent combien de cases tu dois colorier sur la ligne ou la colonne correspondante. Les bateaux ne se touchent jamais, même pas par un coin, et il y a toujours des cases vides entre eux.

	4	1	3	1	4	1
5						
0						
3						
2						
3						
1						

Pour commencer : colorie les cases qui doivent rester vides puis complète la première ligne.

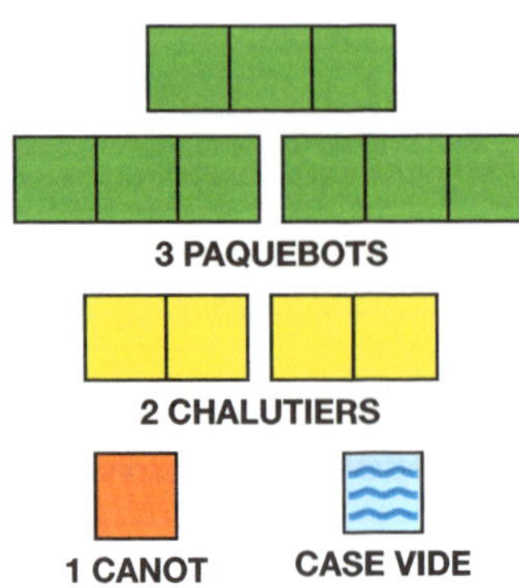

En voiture

Quand la famille Martin passe sous le panneau de l'autoroute, chacun constate qu'il reste 100 km à parcourir pour rejoindre Loinville alors que Près-d'Issy se trouve seulement à 50 km. C'est amusant se disent les Martin : une des distances est le double de l'autre. Un peu plus tard, un panneau leur signale que Près-d'Issy n'est plus qu'à 20 km.

À quelle distance de Loinville se trouvent alors les Martin ?

Le faussaire

Le directeur du musée de peinture est très intrigué. Un jeune homme vient de lui apporter trois tableaux qu'il dit avoir trouvés dans le grenier de sa grand-mère. L'un de ces tableaux est très beau et est signé « L. de Vinci ». D'après le jeune homme, ce tableau a été peint par l'auteur de *La Joconde* quelques années plus tôt que le célèbre portrait.

Le directeur du musée aimerait beaucoup croire que le jeune homme a raison mais il ne peut s'empêcher d'avoir des doutes.

Il fait donc appel à un spécialiste de l'histoire de la peinture. Celui-ci examine les tableaux et soudain, il éclate de rire.

« Vraiment, monsieur le directeur, je crois que vous n'avez pas besoin d'un spécialiste pour voir que ces tableaux sont des faux réalisés par un plaisantin ! »

Le directeur est un peu vexé de n'avoir rien remarqué mais soulagé de n'avoir pas payé le jeune homme pour ses faux tableaux.

Et toi, as-tu remarqué le détail qui prouve que ces tableaux n'ont pas été peints par Léonard de Vinci ?

Au garage

Trouve la valeur de chaque voiture pour que ces opérations soient justes. Pour t'aider, un des nombres est déjà décodé.

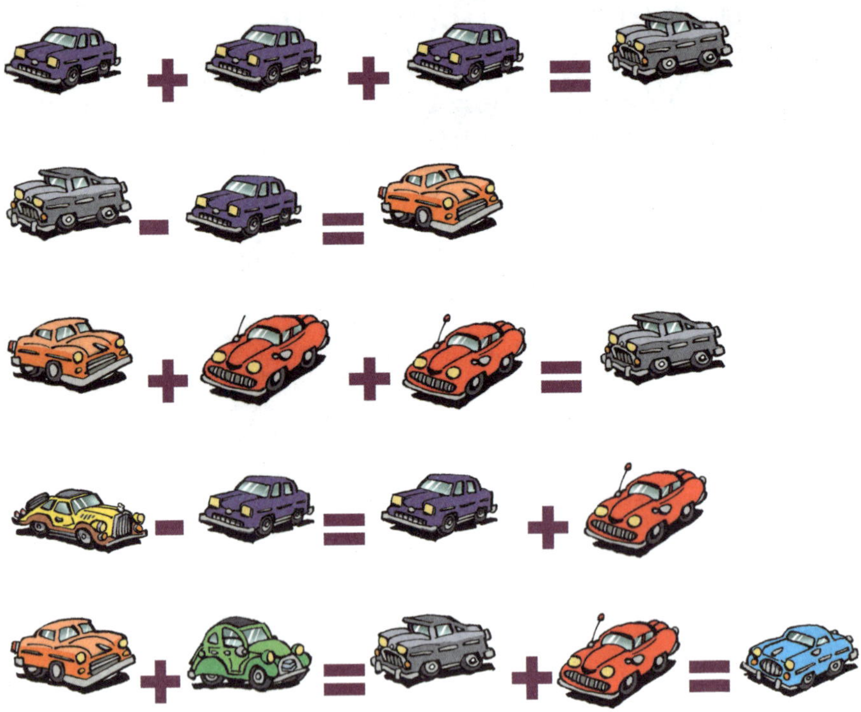

Le poisson

Rassemble tes crayons de couleur, dépose-les en suivant le modèle.
Déplace trois crayons pour que le poisson nage vers la droite.

Petits papiers

Range ces petits papiers dans le bon ordre pour lire une phrase que tu prononces parfois.

Quelle histoire !

Trouve les bonnes réponses aux questions, puis note les lettres dans les cases et tu liras le nom d'une voiture romaine.

1. Avec quoi les hommes préhistoriques s'habillaient-ils ?

B – Des jeans.

C – Des peaux de bêtes.

D – Des morceaux de papier.

2. Au temps des Romains, quel était le nom de la France ?

H – La Gaule.

I – La Gergovie.

J – La Papouasie.

3. Comment s'appelle la plus haute tour du château fort ?

Y – La courtine.

Z – Les meurtrières.

A – Le donjon.

4. Quel peuple a créé les Jeux olympiques ?

R – Les Grecs.

S – Les Romains.

T – Les Égyptiens.

C H A R

Bon anniversaire !

Mamie a préparé six cadeaux qu'elle veut distribuer à ses trois petits-enfants. Sur chaque cadeau, tu vois l'étiquette avec le prix que mamie n'a pas encore retirée.
Elle veut offrir à chaque enfant deux cadeaux d'une valeur totale de 15 euros. Comment va-t-elle s'y prendre ?

Suite logique

Quel mois dois-tu ajouter pour que ce calendrier soit logique ?

Le voleur

Un drôle de bruit a réveillé madame Arthur et son mari. Cela venait du rez-de-chaussée, ils en sont sûrs ! Et, en pleine nuit, qui d'autre qu'un voleur aurait pu faire du bruit dans le bureau de monsieur Arthur ?
Courageusement, les deux époux se munissent d'une lampe torche et décident de descendre inspecter le bureau à la recherche de l'intrus.
Pendant que madame Arthur téléphone à la police, monsieur Arthur fait le tour de la pièce où il conserve sa fortune dans un coffre-fort qui n'a pas été ouvert.
Ouf, se dit monsieur Arthur...
Ayant fini, son inspection, monsieur Arthur se prépare à remonter se coucher après avoir rassuré son épouse.

« Non, il n'y a personne, c'est sans doute le chien qui a fait le bruit que nous avons entendu. Tu peux dire aux policiers qu'il est inutile qu'ils se déplacent.
Pourtant, madame Arthur n'est pas complètement rassurée.
– C'est étrange, dit-elle, notre vieux Patou est pourtant très calme. »

Et toi, penses-tu que ce soit le chien qui ait fait du bruit ?

Futoshiki

Remplis cette grille pour que tous les chiffres de 1 à 5 soient inscrits une seule fois sur chaque ligne et chaque colonne. Pour t'aider, les signes < (plus petit que) et > (plus grand que) te renseignent sur les deux chiffres contenus dans les deux cases voisines.

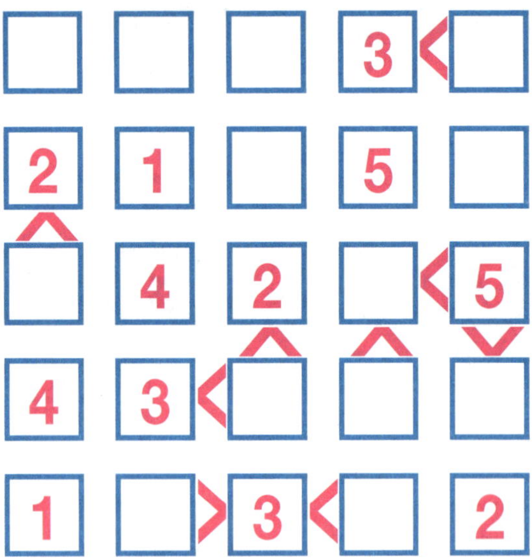

Rébus

Dis à haute voix ce que tu vois écrit ou dessiné ici pour décoder ce rébus.

Au parking

Cinq personnes ont garé leur voiture sur ce parking. Peux-tu dire à qui appartient chaque véhicule si tu sais que la voiture de Jeanne est garée entre deux voitures de même couleur, la voiture de Patrick est la plus petite, la voiture de Paul n'est ni rouge ni blanche, la voiture de Pierre n'est ni blanche ni noire, la voiture de Karim n'est ni noire ni rouge ?

Charades

Mon premier est une voyelle.
Mon deuxième vaut dix fois dix.
Mon troisième est un membre de la famille.
Mon tout sert à monter.

Mon premier est un fruit.
Mon deuxième est un chiffre.
Mon troisième est notre planète.
Mon tout est un légume.

Message codé

Remplace chaque lettre de ce message par celle qui la suit dans l'alphabet. Par exemple si tu vois un A, note un B, si tu vois un B, note un C et si tu vois un Z, note un A.

A	B	C	D	E	F	G	H	I	J	K	L	M	N	O	P	Q	R	S	T	U	V	W	X	Y	Z
▼	▼	▼	▼	▼	▼	▼	▼	▼	▼	▼	▼	▼	▼	▼	▼	▼	▼	▼	▼	▼	▼	▼	▼	▼	▼
B	C	D	E	F	G	H	I	J	K	L	M	N	O	P	Q	R	S	T	U	V	W	X	Y	Z	A

C H W - G T H S R ' D B Q H S

_ _ _ - _ _ _ _ _ ' _ _ _ _ _

Z U D B T M S H Q D S

_ _ _ _ _ _ _ _ _ _ _

Au port

Aide cette jeune voyageuse à rejoindre le bateau au port. À chaque carrefour, quand tu rencontres une question, choisis la bonne réponse et tu seras sur le bon chemin.

Les bouteilles

Combien pèse une bouteille ?

= ....

Les bonbons

Un sac contient 21 bonbons de trois couleurs.
Il y a un bonbon à la menthe de plus que de bonbons à la fraise et un bonbon à la fraise de plus que de bonbons au citron.

Combien y a-t-il de bonbons de chaque sorte ?

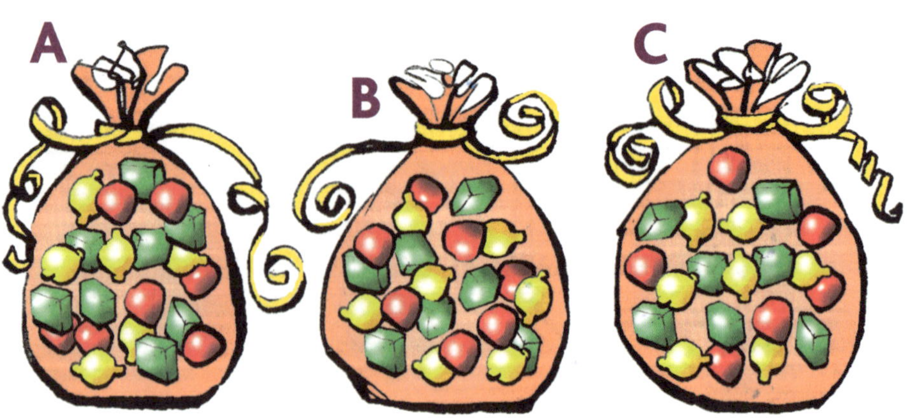

Western

Le vieux shérif est très inquiet.
Il a perdu un objet auquel il tient beaucoup.
Pour l'aider, pars du point noir en D7
et suis les consignes.

Pars du point en D7 et vas en D9, tourne vers F8, rejoins H9, remonte jusqu'au sommet du chapeau en G6, descends vers H3, remonte en F4, rejoins la pointe du nez du shérif en D3, va en D5, remonte en B6 et rejoins ton point de départ.

Menteuse !

Agathe est gentille, oui, mais elle est un peu menteuse. Tout le monde le sait. Il suffit que quelqu'un parle d'un sujet pour qu'Agathe annonce fièrement qu'elle a vu mieux, plus grand, plus beau, plus cher, plus nouveau…
Elle est comme ça Agathe, elle ne peut pas s'en empêcher.
Si Chloé dit : « Au zoo, j'ai vu des crocodiles qui mesuraient au moins deux mètres de long !
– Pffff…, répond immédiatement Agathe, moi, j'en ai vu un qui mesurait trois mètres et il a dévoré une chèvre devant moi. »

Ce mercredi-là, par exemple, Joris et Antoine viennent de raconter que, la semaine dernière, leur marraine les a emmenés manger des moules et des frites au restaurant et que c'était drôlement bon.

Aussitôt, Agathe rétorque :
« Des moules ? Oui, ce n'est pas mal mais moi, hier, mon père m'a emmenée dans ce restaurant que vous voyez là, et nous avons dégusté des huîtres. Ça, oui, c'est super-bon ! »

Mais cette fois, Agathe a exagéré, personne ne l'a crue. Pourquoi, à ton avis ?

La Perle de l'Océan
GRAND SPÉCIALISTE DE L'HUÎTRE HAUT DE GAMME
FOURCHETTE D'OR 2011
LUNCH CLUB RECOMMANDED
MENU
TROP CLASSE
TOP
FERMÉ LE MARDI
ÇA BON
2011
DC

La géo, c'est beau

Trouve les bonnes réponses aux questions, puis note les lettres dans les cases et tu liras le nom d'un continent.

1. Où se trouve l'Angleterre ?

Z – Dans l'hémisphère sud.

A – Dans l'hémisphère nord.

B – À l'équateur.

2. Quelle ville française ne se trouve pas au bord de la mer ?

S – Orléans.

T – La Rochelle.

U – Marseille.

3. Quel chaîne de montagnes sépare la France de l'Espagne ?

G – Les Alpes.

H – Les Vosges.

I – Les Pyrénées.

4. Dans quel pays fait-il le plus chaud ?

E – En Tunisie.

F – En Russie.

G – En Espagne.

Au garage

Trouve la valeur de chaque voiture pour que ces opérations soient justes. Pour t'aider, un des nombres est déjà décodé.

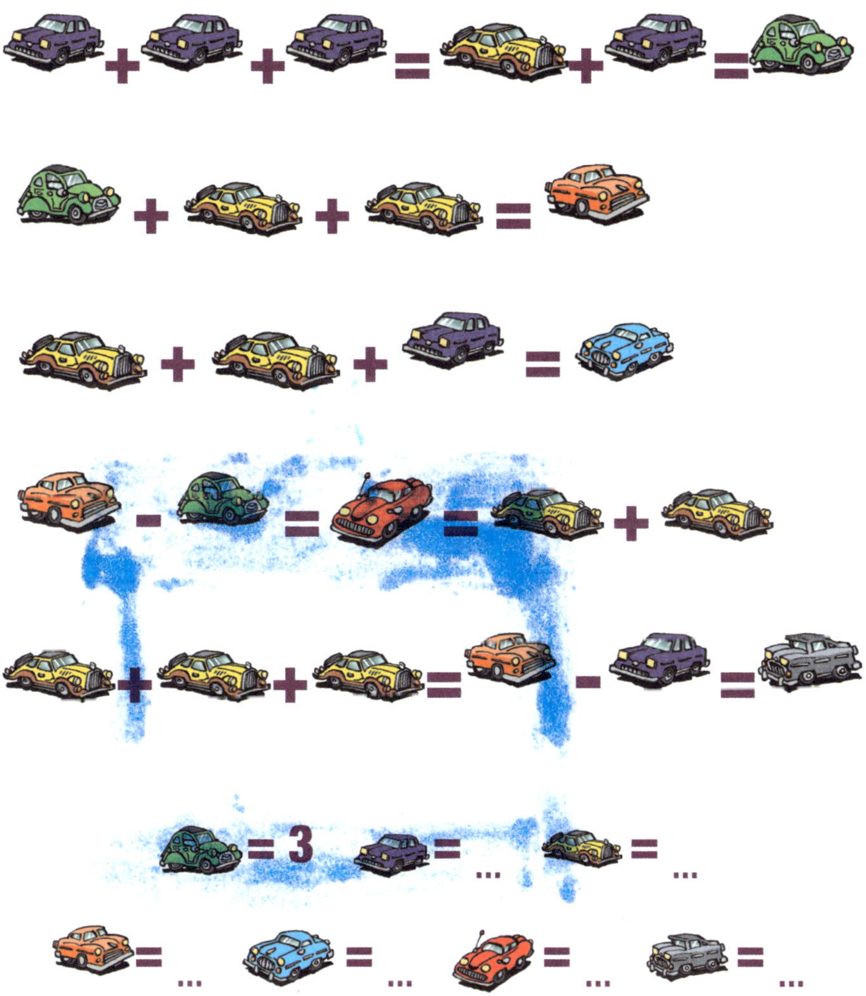

Pin-pon ! Pin-pon !

Quand on est blessé ou malade, voilà le bruit qu'on aime entendre : il signifie que les secours arrivent.

Les chiffres notés à gauche du dessin te disent combien de cases tu dois colorier sur la ligne et de quelle couleur. Pour t'aider, la sixième ligne est déjà coloriée et tu vois qu'elle contient, de gauche à droite : 1 case noire, 1 case bleu foncé, 1 case jaune, 3 cases bleu foncé, 1 case jaune, 1 case bleu foncé et 1 case noire.
À toi de continuer.

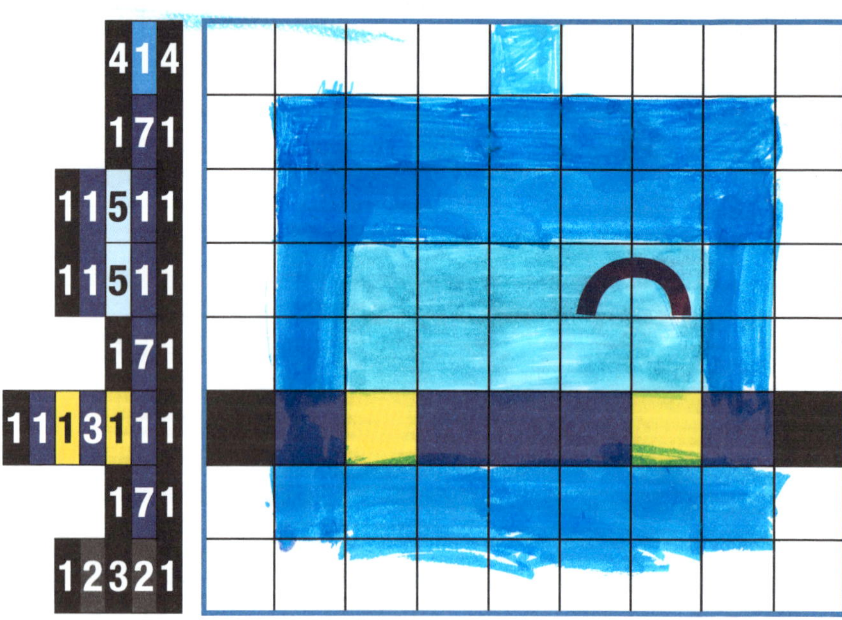

Rentrée des classes

Dans la classe de madame Maurier, il y a 17 tables à deux places. Cette année, 23 élèves entrent au CE2 dans sa classe.

Combien de tables resteront entièrement libres si madame Maurier décide que trois élèves particulièrement dissipés doivent être installés seuls à leur table ?

Suite logique

Quelle heure dois-tu ajouter pour que cette suite soit logique ?

L'escroc

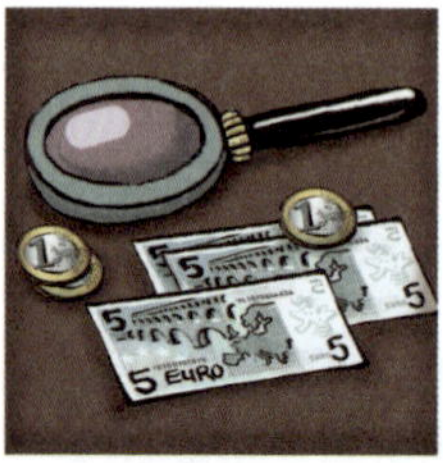

Le détective Laloupe a été engagé par un client qui se plaint d'avoir été volé par un escroc.

Ce personnage lui a vendu, très cher, une photo dédicacée d'un célèbre chanteur d'opéra. Mais la signature était imitée.

La victime a donné à Laloupe tous les renseignements qu'il possédait sur celui qui se fait appeler le comte de Saint-Félicien. Le détective Laloupe s'est renseigné de son côté, et il a même trouvé quelques photos de lui en compagnie de grands personnages célèbres. Mais malheureusement, sur toutes ces photos, le comte est de dos ou dans l'ombre et Laloupe ne connaît pas son visage.

Il se rend pourtant à l'adresse indiquée et l'escroc le reçoit dans son bureau où il est occupé, dit-il, à écrire ses mémoires.

Laloupe ne se laisse pas impressionner et, très vite, il est certain que la personne qui le reçoit n'est pas le vrai comte.

Tu devrais pouvoir trouver, toi aussi, le détail qui prouve que ce personnage est un mauvais imitateur !

S ARÊTES À L'HUILE D'OLIVE
DIPLOMA MAGNIFICA
Comte de Saint Félici

Touché ! Coulé !

Cette grille représente un port où sont placés six bateaux.
Trouve l'emplacement de chaque bateau
en t'aidant des chiffres inscrits autour de la grille ;
ils t'indiquent combien de cases tu dois colorier
sur la ligne ou la colonne correspondante.
Les bateaux ne se touchent jamais, même pas par
un coin, et il y a toujours des cases vides entre eux.

	2	3	0	4	1	4
3						
2						
3						
1						
2						
3						

Pour commencer :
complète le paquebot,
en bas à droite
de la grille,
et colorie en bleu
les cases voisines.

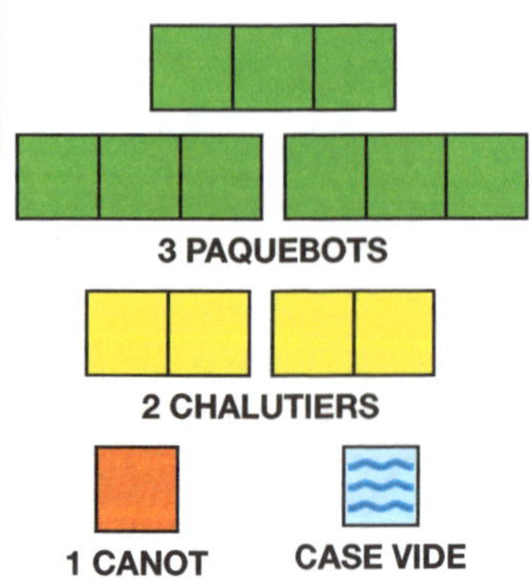

À la plage

Huit anomalies se trouvent sur cette plage. Les vois-tu ?

Les pirates

Au secours, les pirates attaquent ! Si tu veux savoir ce qu'on voit sur leur drapeau, pars du point noir et suis les consignes.

Pars du point en A7, descends vers B9 puis en D9, tourne vers E7, descends en H7, rejoins H4, remonte en E4, tourne vers D2, remonte en B2, tourne vers A4 et rejoins ton point de départ.

Le grillage

Pour clôturer son poulailler, le jardinier a récupéré un grillage qui servait à protéger le potager.
Le potager est un rectangle d'une longueur de 20 m et d'une largeur de 16 m. Et ce grillage a juste la bonne taille pour entourer l'enclos autour du poulailler.

Si cet enclos est carré, quelle longueur peuvent avoir ses côtés ?

Calcul romain

Déplace un seul crayon pour que cette opération en chiffres romains soit exacte.

Les dés

Tous les dés avec lesquels tu joues aux jeux de société sont constitués de la même manière : les points inscrits sur deux faces opposées donnent toujours un total de 7. Par exemple, à l'opposé de la face 6, se trouve la face 1.

Combien de points obtiens-tu en additionnant les points inscrits sur les faces arrière de ces quatre dés ?

La cloche a sonné

C'est la fin de l'année scolaire pour l'école parisienne Deschamps. Tous les élèves ont leurs prochaines vacances en tête. Trouve où chacun doit partir grâce à ces renseignements :

- Noémie va près de la montagne.
- Victor et Christian vont au bord de la mer.
- Chloé prend le train dans la direction de Marseille.
- Victor ne va pas en Bretagne.

Les fraises écrasées

Quand papy Ernesto est sorti dans son jardin ce matin, il a découvert que quelqu'un avait piétiné ses fraisiers. Papy Ernesto est un malin, il a soigneusement examiné les traces dans la terre et il a tout compris : un ballon a atterri au beau milieu de ses plates-bandes et quelqu'un, dont on voit les traces de pas, a sauté par-dessus la clôture pour venir le ramasser.

Papy Ernesto est furieux, il a prévenu ses voisins qu'il saurait trouver le coupable.
Il a fait venir tous les garnements du voisinage pour examiner les semelles de leurs souliers afin de les comparer avec les traces laissées dans son jardin.

Et voilà les trois frères Paulin qui sont là, la tête basse devant papy Ernesto. Mais, le jardiner a eu beau comparer les semelles et les traces, il n'a pas trouvé de ressemblance.

« Oui, oui, grogne papy Ernesto, bien sûr, vous avez changé de chaussures depuis ce matin et je ne réussirai pas à démasquer le coupable ! »

C'est vrai, papy, le coupable a changé de chaussures, pourtant, il y a un autre détail qui l'accuse. Le vois-tu ?

FLY

Futoshiki

Remplis cette grille pour que tous les chiffres de 1 à 5 soient inscrits une seule fois sur chaque ligne et chaque colonne. Pour t'aider, les signes < (plus petit que) et > (plus grand que) te renseignent sur les deux chiffres contenus dans les deux cases voisines.

	<			2		4		
∧								
		1			>		<	3
								∧
5				1				
1						5		
2			>	3		1		

Rébus

Dis à haute voix ce que tu vois écrit ou dessiné ici pour décoder ce rébus.

L'anniversaire

C'est l'anniversaire de tante Chouquette. Peux-tu dire qui a apporté chacun de ces bouquets si tu sais que Paul n'a apporté qu'une seule fleur, que le bouquet de Camille n'est ni violet ni jaune, que le bouquet de Dominique est le plus gros, que le bouquet de Magali n'est ni orange ni jaune, que le bouquet de Niels n'est ni violet ni orange ?

Charades

Mon premier est un pronom personnel.
Mon deuxième est le petit de la vache.
Mon troisième est une boisson chaude.
Mon tout vient d'arriver.

Mon premier est une consonne.
Le lait vient de mon deuxième.
Mon troisième est un adjectif possessif.
Mon quatrième est un article défini.
Mon tout est la plus grande ville d'un pays.

Message codé

Remplace chaque lettre de ce message par celle qui la suit dans l'alphabet. Par exemple si tu vois un A, note un B, si tu vois un B, note un C et si tu vois un Z, note un A.

A	B	C	D	E	F	G	H	I	J	K	L	M	N	O	P	Q	R	S	T	U	V	W	X	Y	Z
▼	▼	▼	▼	▼	▼	▼	▼	▼	▼	▼	▼	▼	▼	▼	▼	▼	▼	▼	▼	▼	▼	▼	▼	▼	▼
B	C	D	E	F	G	H	I	J	K	L	M	N	O	P	Q	R	S	T	U	V	W	X	Y	Z	A

U H M F S D S T M

_ _ _ _ _ _ _ _ _

R ' D B Q H S R Z M R S H Q D S

_ ' _ _ _ _ _ _ _ _ _ _ _ _ _ _ _

Circuit électrique

Aide cet étrange électricien à trouver le circuit qui mène à la plaque chauffante. À chaque carrefour, quand tu rencontres une question, choisis la bonne réponse et tu seras sur le bon chemin.

Les souris

Monsieur Thimothée, l'épicier du village, conserve ses victuailles dans une petite pièce sombre et fraîche. Mais depuis quelques semaines, il constate que son fromage est tout grignoté.

Il a vite fait de désigner les coupables : « Ce sont les souris, j'en suis sûr ! Elles doivent loger dans les trous des vieux murs et, chaque nuit, elles s'introduisent dans mes réserves... C'est bien connu : les souris adorent le fromage ! »

Pour protéger ses provisions, monsieur Thimothée a pourtant un chien fidèle qu'il laisse de garde toute la nuit car il pense que sa présence devrait suffire à effrayer les souris.

Ce matin-là, alors qu'il constate encore une fois que des dents acérées ont grignoté son fromage, il prend sa décision :

« Je vais poser des pièges devant tous ces trous et si les souris essaient de revenir, elles seront bien attrapées ! »

Monsieur Thimothée va poser des pièges ce soir devant les trous de ses murs mais penses-tu que cela suffira à sauvegarder son fromage ?

VIEILLES B
MIXMIX
HARA KIRI
A SUIVRE
NITRO
ACTUEL

Au garage

Trouve la valeur de chaque voiture pour que ces opérations soient justes. Pour t'aider, un des nombres est déjà décodé.

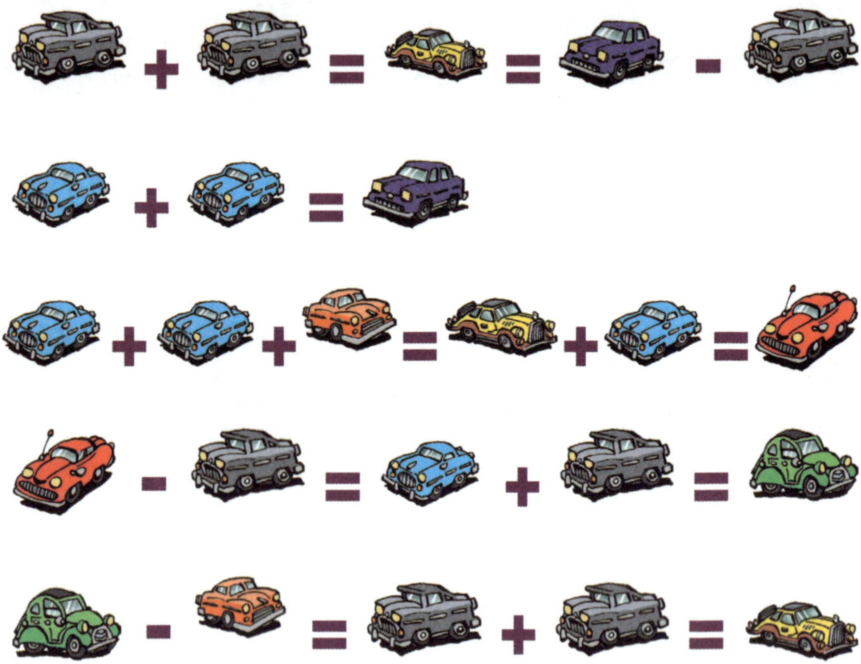

Au stade

Sept anomalies sont présentes sur ce dessin. Les vois-tu ?

Deux-roues

Attention ! Si tu enfourches cette machine, n'oublie pas de porter un casque, c'est obligatoire !

Les chiffres notés à gauche du dessin te disent combien de cases tu dois colorier sur la ligne et de quelle couleur. Pour t'aider, la dernière ligne est déjà coloriée et tu vois qu'elle contient, de gauche à droite : 9 cases grises. À toi de continuer.

		1	1	7
		1	1	7
		1	1	7
1	1	2	3	2
1	1	3	2	2
1	2	2	3	1
				9
				9

Découpage

Comment peux-tu découper cette surface en huit morceaux en forme de T qui auront chacun la même taille et qui contiendront chacun une poule ?

Le cylindre

Laquelle de ces formes permet de construire ce cylindre ?

A

B

C

D

Partie de cartes

Pierre, Jérémie, Charlotte et Corentin adorent jouer aux cartes. Tous les mercredis, ils se retrouvent pour des parties interminables. Trouve quel est le jeu de chacun grâce à ces renseignements :

– Charlotte et Jérémie n'ont aucune carte noire.
– Corentin a des cartes de quatre couleurs.
– Pierre a une couleur de plus que Jérémie.

L'or du pirate

Barbe-Noire est très, très, très en colère ! Et quand Barbe-Noire crie, on l'entend à l'autre bout du bateau, peut-être même qu'on l'entend jusqu'à l'autre bout de l'océan...

Le célèbre capitaine vient de s'apercevoir qu'un pirate aussi audacieux que malhonnête a réussi à s'introduire dans sa cabine et à dérober une poignée de pièces d'or dans son coffre !

Barbe-Noire a rassemblé ses hommes devant la porte de sa cabine et, d'un air menaçant, leur montre les preuves que quelqu'un a osé s'en prendre à son trésor : et en effet, chacun voit distinctement les empreintes d'une main gauche sur la porte et d'un pied droit sur le sol.

Les pirates ont tous affirmé qu'ils n'avaient rien fait mais Barbe-Noire les foudroie du regard et annonce :

« Je conseille pourtant au coupable de me rendre mes pièces d'or, sinon ma vengeance sera terrible ! »

Si tu étais capitaine sur ce bateau, qui accuserais-tu parmi les marins qui tremblent devant Barbe-Noire ?

Touché ! Coulé !

Cette grille représente un port où sont placés six bateaux. Trouve l'emplacement de chaque bateau en t'aidant des chiffres inscrits autour de la grille ; ils t'indiquent combien de cases tu dois colorier sur la ligne ou la colonne correspondante. Les bateaux ne se touchent jamais, même pas par un coin, et il y a toujours des cases vides entre eux.

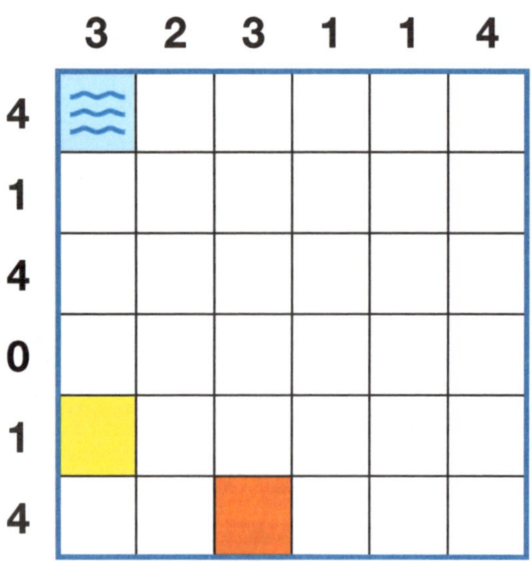

Pour commencer : colorie en bleu les cases voisines du canot puis complète la dernière ligne.

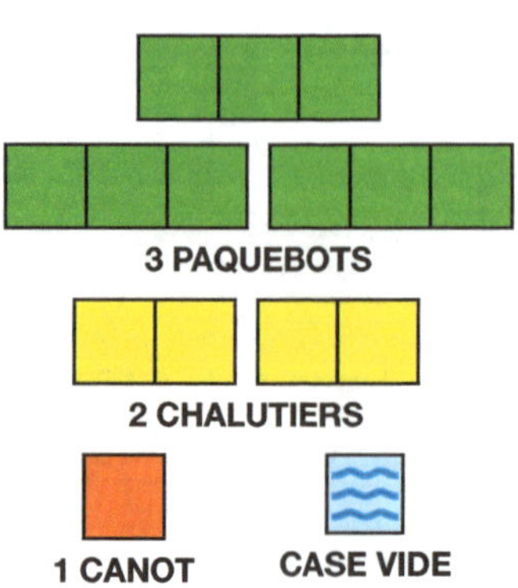

La cible

Trois copains tirent à l'arc. Chacun dispose de trois flèches de la même couleur. Les trois copains ont déjà lancé deux flèches chacun.

Quels scores maximums peuvent réaliser les trois joueurs ?

Suite logique

Par quel nombre dois-tu remplacer le point d'interrogation pour que cette suite soit logique ?

5 - 8 - 6 - 9 - 7 - ?

Charades

Mon premier recouvre les os.
Mon deuxième est un endroit l'où on dort.
Mon troisième signifie couper du bois.
Mon tout porte un uniforme.

Mon premier est un récipient.
Mon deuxième est un adjectif possessif.
Mon troisième est la moitié de quatre.
Mon tout est une crème pour guérir.

Message codé

Remplace chaque lettre de ce message par celle qui la suit dans l'alphabet. Par exemple si tu vois un A, note un B, si tu vois un B, note un C et si tu vois un Z, note un A.

A	B	C	D	E	F	G	H	I	J	K	L	M	N	O	P	Q	R	S	T	U	V	W	X	Y	Z
▼	▼	▼	▼	▼	▼	▼	▼	▼	▼	▼	▼	▼	▼	▼	▼	▼	▼	▼	▼	▼	▼	▼	▼	▼	▼
B	C	D	E	F	G	H	I	J	K	L	M	N	O	P	Q	R	S	T	U	V	W	X	Y	Z	A

R H W   D R S   O K T R

_ _ _   _ _ _   _ _ _ _

F Q Z M C   P T D   B H M P

_ _ _ _ _   _ _ _   _ _ _ _

Sherlock

Le détective fait semblant de regarder avec sa loupe mais si tu veux savoir à travers quoi il espionne son suspect, pars du point noir et suis les consignes.

Pars du point en D5 et descends en diagonale vers H6, tourne et avance horizontalement pour rejoindre H3, remonte en diagonale vers D4, contourne entièrement la partie ronde de la loupe et rejoins ton point de départ.

Les champignons

Combien pèse un cèpe ?  = ...

Les cadeaux

Le cadeau de Marina coûte 2 euros de plus que le cadeau de Bérengère.
Au total, les deux cadeaux ont coûté 18 euros.

Combien coûte le cadeau de Bérengère ?

A

B

C

Les triangles

Rassemble tes crayons de couleur, dépose-les en suivant le modèle.

Déplace quatre crayons pour former cinq triangles.

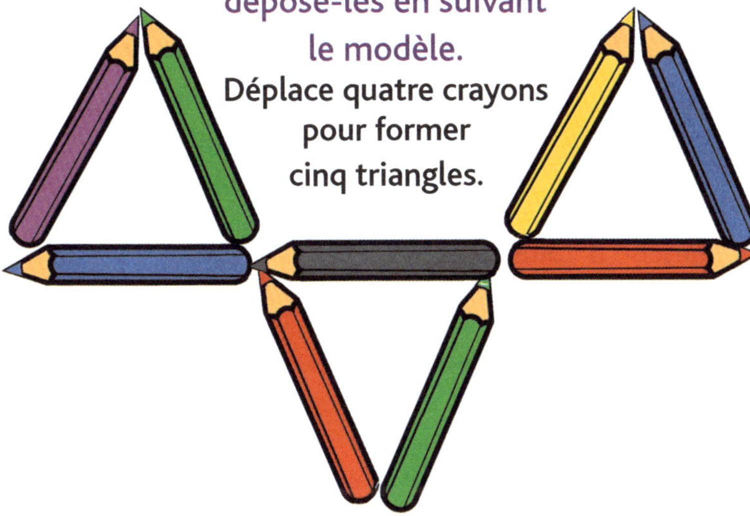

Petits papiers

Range ces petits papiers dans le bon ordre pour lire une phrase que tu prononces parfois.

MOMENT VACANCES

DE LE L'ANNÉE. SONT

MEILLEUR LES

Es-tu sportif ?

Trouve les bonnes réponses aux questions, puis note les lettres dans les cases et tu liras le nom d'un sport.

1. Quel est le sport préféré de Roger Federer ?

H – Le football.

I – La planche à voile.

J – Le tennis.

2. Combien marques-tu quand tu gagnes le premier point au tennis ?

S – 1.

T – 7.

U – 15.

3. Au football, qui garde les buts ?

C – L'arbitre.

D – Le gardien.

E – L'attaquant.

4. Quelle couleur de carton entraîne l'exclusion d'un joueur de football ?

M – Un carton jaune.

N – Un carton noir.

O – Un carton rouge.

La kermesse

Lors de la kermesse de l'école, Natacha, Valentin, Manon et Louis ont acheté des billets de tombola. Ils espèrent tous décrocher un lot ! Trouve à qui appartient chaque ticket grâce à ces renseignements :

– Natacha et Louis ont des tickets avec un numéro pair.

– Une fille a le plus gros numéro.

– Les deux garçons ont des tickets portant un numéro dont le chiffre des dizaines est un 2 .

Charades

Mon premier est une lettre de l'alphabet.
Mon deuxième est un bruit de bébé.
Mon troisième est l'endroit où s'arrête le train dans la gare.
Mon tout est un oiseau.

Mon premier ne dit pas la vérité.
Mon deuxième est « oui » en russe.
On mange mon troisième avec des baguettes.
On fait mon quatrième avec ses lacets.
Mon tout est un fruit.

Mon premier porte une couronne.
Mon deuxième est un pronom personnel.
Mon troisième est produit par la vache.
Mon tout est aussi un oiseau.

page 5

Les bananes

1 ananas = 600 g
2 ananas = 1 200 g = 4 bananes
1 banane = 300 g

Au parc

13 h 30 + 1 h 30 + 30 min + 15 min
= 15 h 45

page 6

C'est pas moi !

La maîtresse a bien vu les trois cartables posés près du bonhomme de neige. Elle remarque que celui qui a été posé en premier, contre le mur, est rose. Elle soupçonne donc Célia.

page 8

Super-héros

page 9

Le voyage

De gauche à droite : le sac de la maman, celui de Valentin, celui de la grand-mère, celui du papa et celui de Valérie.

page 10

Futoshiki

5	3	1	4	2
1	4	5	2	3
2	5	3	1	4
4	1	2	3	5
3	2	4	5	1

Rébus

Il ne faut pas mentir.
(île – nœud – faux – pas – MAN - tir).

page 11

La tempête

Il manque 29 tuiles sur le côté apparent du toit et 58 (29 x 2) de l'autre côté.
En tout, il manque 87 tuiles.

page 12

Au voleur !

De gauche à droite, les basketteurs sont : Paul, Tom, Mathieu et Karim. Le footballeur du centre porte le ballon de basket sous son bras et le tee-shirt disparu est caché dans le sac, aux pieds du footballeur de droite. On voit un morceau de tissu orange qui en dépasse.

page 14
Au garage

 = 6  = 2  = 3

 = 1  = 7  = 4

 = 5

page 15
Fête costumée

page 16
Dessin codé

page 17
Le jardin potager

Si le carré de tomates a un périmètre de 12 m, ses côtés mesurent 3 m (3 x 4). Si le carré de choux a un périmètre de 8 m, ses côtés mesurent 2 m (2 x 4). Un côté du potager mesure donc 5 m (3 + 2) et la longueur du grillage est égale à son périmètre qui est de 20 m (5 x 4).

page 18
Les cubes Le cube E.

page 19
Voilà le facteur !

Jessica habite au 2, Jonathan au 4, Thomas au 6, Zoé au 8 et Noémie au 10.

page 20
La soucoupe volante

Les empreintes de pas sont celles d'un Uranien (1 pied et 2 bras).

page 22
Touché ! Coulé !

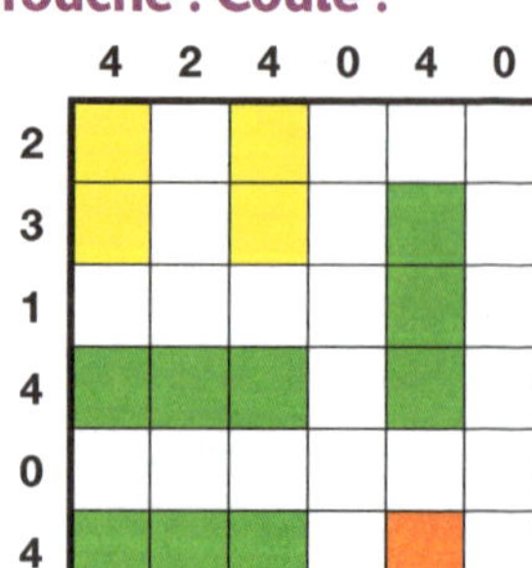

page 23

Tour de magie

Valet de trèfle.

Suite logique

La dernière fleur doit avoir 11 pétales (1 + 1 = 2, 2 + 2 = 4, 4 + 3 = 7, 7 + 4 = 11).

page 24

C'est mathématique

CINQ

page 25

Au port

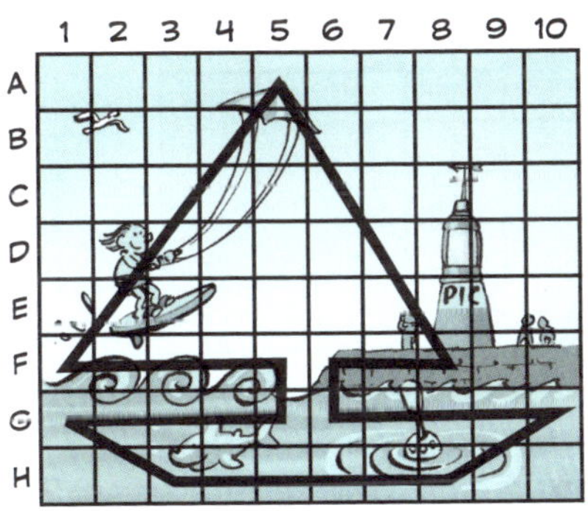

page 26

Le dossier volé

Bertrand a remarqué les traces de repas sur le bureau et dans la corbeille de Philippe. Celui-ci n'est donc pas allé à la cantine. Ce mensonge est bien suspect.

page 28

Au garage

page 29

Course à pied

De gauche à droite : Axel, Antoine, Arnaud, Achille et Adrien.

page 30

Futoshiki

4		3	>	1		5		2
3	<	5	>	4	>	2		1
∨		∨				∧		
2	>	1		3		4		5
∨								
1		2		5	>	3		4
5		4		2		1		3

Rébus

Où est l'aspirateur ? (houx – haie – L'as – pis – rat – T'heure).

page 31

Tout noir

La carte D.

page 32

Charades

Pantalon (paon – ta – long).
Ski nautique (ski – no – tique).

Message codé
J'aime les jeux de logique.

page 33
Au stade

page 34
Les voisins
Monsieur Martin dit qu'il est tout seul, mais pourquoi deux tasses de café fument-elles sur la table ?

page 36
Les cubes
Il y 62 cubes noirs.

page 37
Au zoo

page 38
Dessin codé

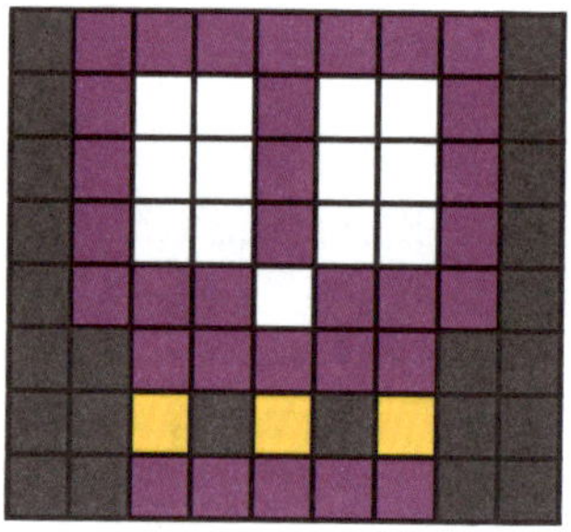

page 39
Les billes
1 balle = 220 g
4 balles = 880 g = 10 billes
1 bille = 88 g

Le goûter
2 boîtes de cakes = 10 gâteaux
2 sachets de gaufres = 6 gaufres
Il faut donc 16 bouteilles
ou 4 paquets de 4 bouteilles.

page 40
Vol de poires
Un seul vélo a un guidon assez étroit pour se faufiler dans le trou de la palissade.

page 42
Touché ! Coulé !

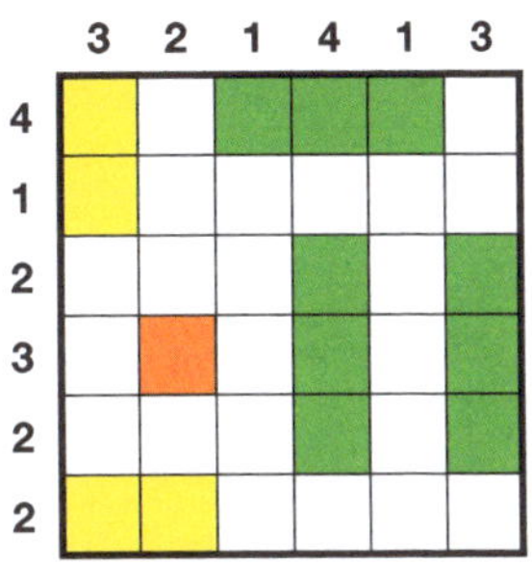

page 43
Les deux trains
Le premier train a parcouru 200 km et le second, 100 km. Ils se trouvent à 200 km de la gare de départ du premier train.

Suite logique
Un triangle vert.

page 44
Les dés
Le dé D.

page 45
Dans la pyramide

page 46
Charades
Charade (chat – rat – deux).
Parachute (pas – rat – chut !).

Message codé
Six fois deux égalent douze.

page 47
Le plongeur

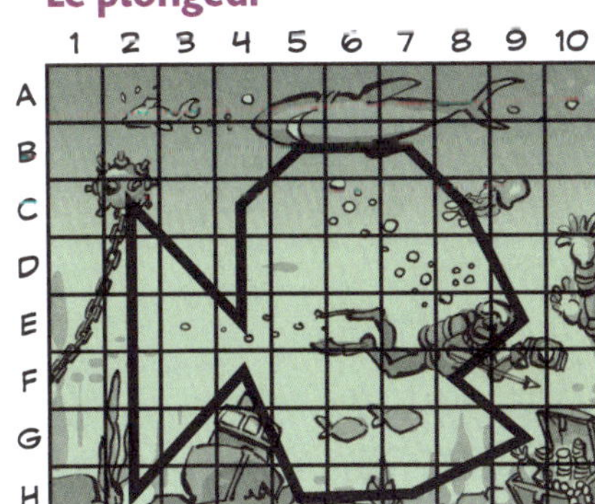

page 48

Le code secret

Si tu retournes la calculette, tu peux lire le mot « OEIL », Théo sait maintenant sur quel symbole il doit cliquer.

page 50

La nature, quelle aventure !

CERF

page 51

Dans le désert

De gauche à droite : Cavale, Awa, Prince, Habib et Ifouz.

page 52

Futoshiki

4		5		3		2	>	1
1		2	<	4		5		3
				∨				
3		4		2	>	1		5
				∨				
5		3	>	1		4		2
		∨				∨		
2		1		5	>	3		4

Rébus

Je préfère les jeux dessinés.
(jeux – pré – fer – lait – J'œufs – dé – SI – nez).

page 53

Sapins et lapins

Il y a 8 sapins mais seulement 7 espaces entre eux.

Les deux terriers les plus éloignés sont donc séparés par 7 fois 6 m, c'est-à-dire 42 m .

page 54

Les bonbons fugueurs

Maëlle a encore du chocolat sur le visage. Et pourquoi le chien avec lequel elle jouait a-t-il sous la patte un tube de bonbons ?

page 56

Les gâteaux

2 boules = 300 g, 1 boule = 150 g
5 boules = 750 g
= 6 gâteaux + 1 boule
6 gâteaux = 750 g – 1 boule = 600 g
1 gâteau = 100 g

Le nombre mystérieux

3 + 3 + 3 + 21 = 30
3 + 3 + 3 + 30 = 39

page 57

Au coin du feu

page 58
Dessin codé

page 59
Au marché

De gauche à droite : Léo, Emma, Arthur, Ana et Grégoire.

page 60
Touché ! Coulé !

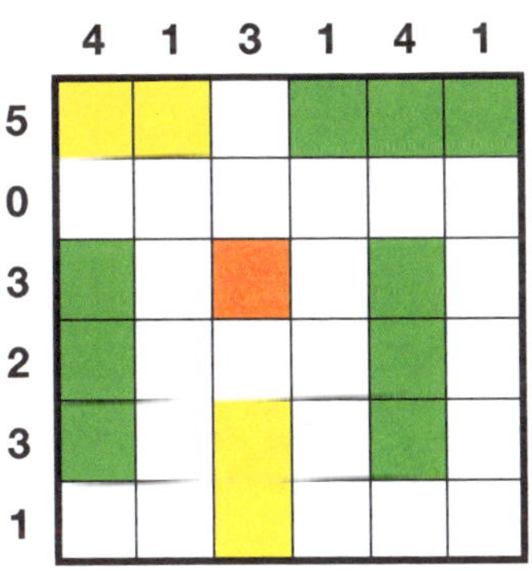

page 61
En voiture

Si les Martin sont à 20 km de Près-d'Issy, ils ont parcouru 30 km, ils sont donc à 70 km de Loinville (100 – 30).

page 62
Le faussaire

Au dos des tableaux, on voit des codes-barres qui prouvent que les toiles ont été achetées de nos jours.

page 64
Au garage

page 65
Le poisson

Petits papiers

Pendant les vacances, j'aime mieux jouer que réviser.

page 66
Quelle histoire !

CHAR

page 67

Bon anniversaire !

Mamie va donner au premier enfant le cadeau à 3 euros et celui à 12 euros, au deuxième le cadeau à 6 euros et celui à 9 euros, et au troisième le cadeau à 7 euros et celui à 8 euros.

Suite logique

Février.

page 68

Le voleur

Non, le chien n'y est pour rien. Mais as-tu remarqué les pieds du personnage caché derrière le rideau sous l'escalier ?
Ne serait-ce pas lui le voleur ?

page 70

Futoshiki

5		2		1		3	<	4
2		1		4		5		3
^								
3		4		2		1	<	5
				^		^		v
4		3	<	5		2		1
1		5	>	3	<	4		2

Rébus

Une découverte.
(U – nœud – dé – cou – ver – TE).

page 71

Au parking

De haut en bas : Patrick, Jeanne, Pierre, Karim et Paul.

page 72

Charades

Ascenseur (A – 100 - sœur).
Pomme de terre
(pomme – 2 – Terre).

Message codé

Dix-huit s'écrit avec un tiret.

page 73

Au port

page 74

Les bouteilles

2 livres = 1 200 g, 1 livre = 600 g
6 livres = 3 600 g
= 4 bouteilles + 1 livre
4 bouteilles = 3 600 g – 1 livre
= 3 600 g – 600 g = 3 000 g
1 bouteille = 750 g

Les bonbons

21 bonbons = 8 bonbons à la menthe + 7 bonbons à la fraise + 6 bonbons au citron.

page 75

Western

page 76

Menteuse !

Agathe n'a pas pu déjeuner dans ce restaurant la veille. Nous sommes mercredi et on voit sur la porte que le restaurant est fermé le mardi.

page 78

La géo, c'est beau

ASIE

page 79

Au garage

 = 3  = 1  = 2

 = 7  = 5  = 4

 = 6

page 80

Pin-pon ! Pin-pon !

page 81

Rentrée des classes

Les 3 élèves isolés occuperont 3 tables. Les 20 autres élèves (23 – 20) en occuperont 10. Il restera 4 tables vides (17 – 13).

Suite logique

9 h 20. Chaque horloge indique 1 heure 10 de moins que sa voisine de gauche.

page 82

L'escroc

Sur les photos, on voit très bien que le comte de Saint-Félicien est gaucher. Or, l'escroc qui se fait passer pour lui écrit de la main droite. C'est ce détail qui le trahit.

page 84
Touché ! Coulé !

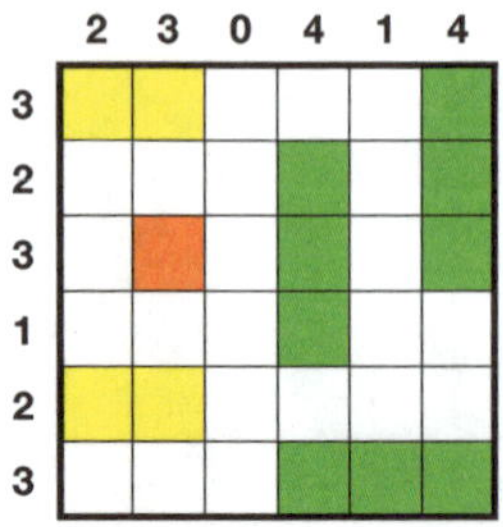

page 85
À la plage

page 86
Les pirates

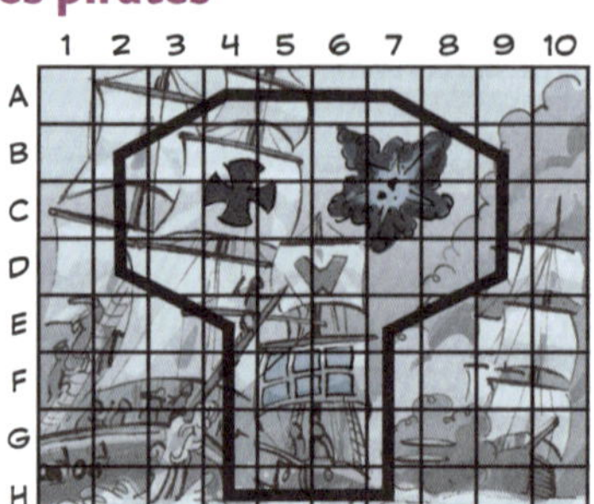

page 87
Le grillage

La longueur du grillage est identique au périmètre du rectangle et mesure donc : (20 + 16) x 2 = 72 m. Ces 72 m sont aussi le périmètre d'un carré dont les côtés mesurent 18 m (72 : 4).

page 88
Calcul romain

Les dés

Si les 2 faces opposées d'un dé ont toujours un total de 7, à l'opposé du 5, il y a un 2. À l'opposé du 3, un 4. À l'opposé du 1, un 6
et à l'opposé du 2, un 5.
2 + 4 + 6 + 5 = 17

page 89
La cloche a sonné

Noémie part à Grenoble, Chloé à Aix-en-Provence, Victor à Biarritz et Christian à Saint-Malo.

page 90
Les fraises écrasées

Papy Ernesto a trouvé un morceau de tissu bleu et blanc accroché à son fil de fer barbelé. Un des frères porte un short de cette couleur qui est un peu déchiré.

page 92

Futoshiki

3	<	5		2		4		1
^								
4		1		5	>	2	<	3
								^
5		2		1		3		4
1		3		4		5		2
2		4	>	3		1		5

Rébus

Il est américain.
(île – haie – TA – mer – I – QU'1).

page 93

L'anniversaire

De gauche à droite : Dominique, Camille, Magali, Paul et Niels.

page 94

Charades

Nouveauté (nous – veau – thé).
Capitale (K – pis – ta – le).

Message codé

Vingt et un s'écrit sans tiret.

page 95

Circuit électrique

page 96

Les souris

Si les souris vivaient dans cette cave, il n'y aurait pas de toiles d'araignées devant l'entrée de leurs trous. Monsieur Thimothée devrait peut-être mieux surveiller son chien.

page 98

Au garage

 = 4  = 2  = 6

 = 3  = 1  = 7

 = 5

page 99
Au stade

page 100
Deux-roues

page 101
Découpage

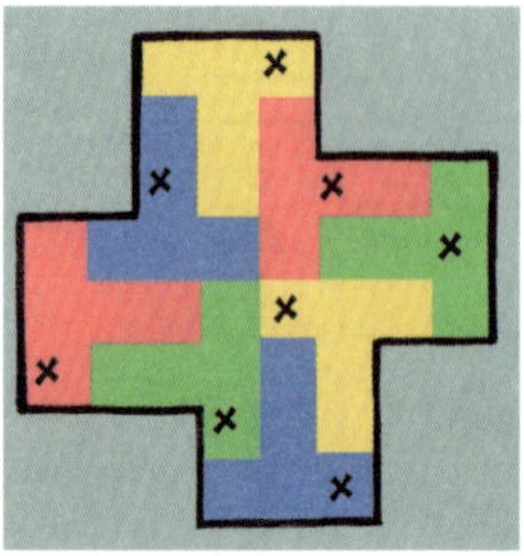

page 102
Le cylindre

La forme D.

page 103
Partie de cartes

En haut : Jérémie (2 couleurs : cœur et carreau). À droite : Corentin (4 couleurs : pique, carreau, trèfle et cœur). En bas : Pierre (3 couleurs : cœur, carreau et trèfle) et à gauche : Charlotte (1 couleur : carreau).

page 104
L'or du pirate

Le pirate qui a un crochet à la main gauche n'a pas pu laisser l'empreinte de main, celui qui a une jambe de bois n'a pas pu laisser l'empreinte de pied droit. Le pirate de gauche a de trop gros pieds, son voisin en a de trop petits. Le pirate de droite est donc le coupable.

page 106
Touché ! Coulé !

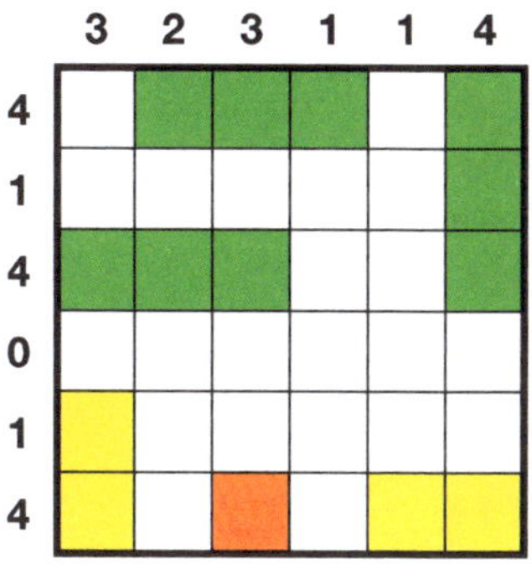

page 107
La cible

En visant bien, les trois joueurs peuvent chacun atteindre le centre de la cible et gagner 20 points.
Le joueur jaune aura alors 27 points (20 + 5 + 2), le joueur rouge 35 points (20 + 10 + 5) et le joueur bleu 41 points (20 + 20 + 1).

Suite logique

5 + 3 = 8, 8 – 2 = 6, 6 + 3 = 9, 9 – 2 = 7, 7 + 3 = 10

page 108
Charades

Policier (peau – lit – scier).
Pomade (pot – ma – deux).

Message codé

Six est plus grand que cinq.

page 109
Sherlock

page 110
Les champignons

1 cèpe + 3 girolles = 210 g + 1 cèpe
3 girolles = 210 g
1 girolle = 70 g
5 girolles = 350 g
2 cèpes + 1 girolle = 5 girolles = 350 g
2 cèpes = 350 g – 1 girolle = 350 g – 70 g = 280 g
2 cèpes = 280 g
1 cèpe = 140 g

Les cadeaux

Le cadeau de Marina coûte 10 euros et celui de Bérengère 8 euros.

page 111

Les triangles

Eh oui, il faut aussi compter le grand triangle !

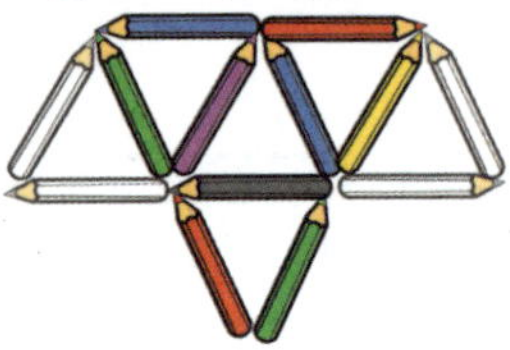

Petits papiers

Les vacances sont le meilleur moment de l'année.

page 112

Es-tu sportif ?

JUDO

page 113

La kermesse

Natacha a le billet 202,
Valentin le 27,
Louis le 526
et Manon le 605.

page 114

Charades

Perroquet (P – rot – quai).
Mandarine
(ment – da – riz – nœud).
Roitelet (roi – te – lait).